Diogenes Taschenbuch 21475

D1719494

Kurt Bracharz

Pappkameraden

Roman

Diogenes

Umschlagillustration von
Tomi Ungerer

Originalausgabe

Copyright © 1986 by
Diogenes Verlag AG Zürich
100/86/8/1
ISBN 3 257 21475 8

*Sauber und glatt beuge ich mich
der Macht.* MODER 173/84

An diesen Sommertagen, wenn der Asphalt weich wird und die Leute in den Kolonnen auf den Straßen zu den Bädern in ihren Autos bei mittlerer Hitze vor sich hin köcheln, sitze ich gerne im Büro.

Das Büro liegt in der Ungargasse, die dicken Wände halten es kühl, die Kunden, die lästig werden könnten, stecken in den Kolonnen, und ich sitze da und ziehe an meiner Zigarette und überlege, ob ich etwas arbeiten oder einfach nur das Vergehen der Zeit beobachten soll. In der zweiten Schreibtischschublade rechts liegen drei ungelesene Ambler (sorgfältig aufgespart für den Augenblick, in dem ich plötzlich aus den Roßbreiten des Tagträumens auftauche), in der Hängekartei steht eine Flasche Malt Whisky, und auf dem Tisch häufen sich die unerledigten Arbeiten (falls doch jemand kommt). So günstige Arbeitsbedingungen findet man zugegebenermaßen nur im eigenen Büro.

Eigentlich sind wir zu dritt, deshalb auch unser Firmenzeichen an der Tür: die Borromeischen Ringe. Wir teilen das Symbol mit der amerikanischen Brauerei Ballantine, aber die scheinen das nicht zu wissen, jedenfalls haben sie sich noch nicht gemeldet. Die drei Ringe hängen so ineinander, daß sich das ganze Gebilde auflöste, wenn man einen wegnähme. Das ist sehr euphemistisch, denn natürlich wäre jeder von uns dreien ersetzbar. Wer ist es nicht?

Im Telefonbuch stehen wir unter WMA. Es gibt verschiedene Deutungen – ›Wir machen alles‹, ›Wahrlich miese Auskünfte‹, ›Watching Mole Agency‹, ›Weltmeister der Arschlöcher‹ – aber eigentlich sind es die Anfangsbuchstaben unserer Vornamen: Wanda, Marius, Adrian.

Wanda läßt gebildete Zeitgenossen an die Venus im Pelz denken, sie hat das Aussehen und das Auftreten, aber ihre Interessenlage ist etwas anders, es ist ihr mehr nach Severinen als nach Severins zumute. Sie mag Abenteuer oder was sie dafür hält. Wenn es brenzlig wird, schicken wir meist sie vor, und sie ist auch noch dankbar dafür.

Marius ist ein Technikfreak. Er ist vom Spielzeug für Kinder nahtlos zum Spielzeug für Erwachsene übergegangen, fotografiert mit Restlichtverstärkern, zapft Telefone an, hackert, frisiert Motorfahrzeuge und so weiter. Den Umfang seines geistigen Horizonts in allen nichttechnischen Belangen schätze ich auf eine Bogenminute.

Adrian bin also ich, ich bin klein und fett und sitze gerne mit einer angebrochenen Flasche Malt und einem ungelesenen Ambler an einem heißen Tag im Büro – aber das habe ich ja schon erwähnt.

Wir arbeiten auf dem Sektor der Sicherheitsberatung und Ermittlungen aller Art. Möglicherweise ist der

Beruf eines Detektivs in, sagen wir, Singapur oder Miami dem der Fernsehdetektive ähnlich, in Wien aber nicht. Man lebt von Kroppzeug, mit den wirklichen ›Fällen‹ beschäftigen sich die Bullen allein. Wanda konnte ihr Karate erst ein Mal vorführen, als ihr ein Dummbolzen beharrlich und unsensibel an die Wäsche wollte und die freudige Erregung bei ihrer ersten verbalen Drohung falsch auslegte. Ihre Augen glänzten nur, weil sie eine Chance sah, endlich mal einem Klotz von Mann ganz legal ein paar zu verpassen.

Wie dem auch sei – es war jedenfalls ein brütendheißer Augusttag, als ich mich im Büro herumfläzte und überlegte, ob ich einen Akt erledigen sollte, der auf dem Tisch lag; es ging um eine Firma, deren Chef uns beauftragt hatte, seine Angestellten zu bespitzeln, damit er sie ohne Abfindungen entlassen konnte. Ein Typ, der für uns solche Angelegenheiten erledigte, hatte ein paar Tatbestände gesammelt (Klauen von Kleinmaterial, unerlaubtes Entfernen vom Arbeitsplatz für Einkäufe und ähnliches), und ich hätte mich eigentlich vor einen unserer beiden Personalcomputer setzen und das Zeug eintippen sollen, aber ich hatte keine Lust. Mir war mehr nach Malt. Wanda war irgendwo in der Stadt, in einer Angelegenheit, die entweder ein totaler Flop oder eine ganz heiße Sache sein würde, je nachdem, ob unser Auftraggeber ein völliger Paranoiker war oder nicht, und Marius in Italien, wo er den Urlaub einer Geschäftsfrau bespitzelte – ihr Mann war eifersüchtig wie Othello, aber doch zu geldgierig, um das Geschäft alleinzulassen. Im übrigen war alles ruhig.

Ich las gerade die Waschzettel von zwei Amblerbänden, zwischen denen ich schwankte, als ein Mann ins Büro kam. Er war um die fünfzig und trotz der Hitze im Anzug mit Krawatte. Die Aktentasche unter seinem Arm war aus gutem Leder. Er sah ein bißchen zu sensibel aus, um selber Boss sein zu können, aber für die rechte Hand irgendeiner Größe wirkte er ideal geeignet.

»Da ich noch nie die Dienste einer Ermittlungsfirma in Anspruch genommen habe, muß ich Ihnen zuerst einige Fragen stellen«, sagte er, nachdem er sich gesetzt hatte, »wenn ich Ihnen den Auftrag gäbe, eine Person zu suchen, was für Angaben würden Sie brauchen?«

»Ein paar Hinweise, wo ich suchen soll.«

»Weiter nichts?«

»Was denn?«

»Nun, zum Beispiel, warum Sie die Person suchen sollen oder ähnliches?«

»Nein, Sie geben einen präzise abgegrenzten Auftrag, und der wird ausgeführt. Der Hintergrund ist Ihre Sache. Das Ganze sollte allerdings innerhalb der Gesetze liegen.«

Er machte eine unwillige Handbewegung. »Es geht lediglich darum, den Aufenthaltsort einer jungen Dame festzustellen.«

Ich nickte. »Geben Sie mir alle verfügbaren Daten, dann sage ich Ihnen, ob es möglich ist.«

Ich hatte erwartet, daß er jetzt etwas erzählen würde, aber er zog einen Schnellhefter aus seiner Tasche und gab ihn mir. Ich schlug ihn auf und sah das Foto eines jungen Mädchens in teuren Kleidern. Es waren gleich mehrere Abzüge, mein Besucher schien ein vorsorglicher Charakter zu sein. Auf den nächsten Seiten war eine Menge Daten aufgelistet. Als ich den Namen gelesen hatte, fragte ich: »Künzl – die Tochter von *dem* Künzl?«

Er nickte. »Ich bin Herrn Künzls Sekretär. Mein Name ist Moosbrugger.«

Ich überflog die Daten, nach denen zu schließen die junge Künzl ein recht eintöniges Leben in Internaten in der Schweiz und in England geführt haben mußte – von ein paar Aufenthalten in Sanatorien einmal abgesehen. »Diese Heilanstalten – worum ging's da? Drogen?«

Moosbrugger schien sich unbehaglich zu fühlen. »Nein«, sagte er, »DSH«.

»Wenn Sie mir noch verraten, was das ist?«

»Deliberate Self-Harm Syndrome, vorsätzliche Selbstverletzung. Kommt meist bei jungen Menschen vor.«

»Sie meinen, Rasierklingenritzen am Arm und so Zeug?« Ich wußte, daß sich manche Pubertätler gern ein bißchen selber malträtieren, aber es war mir neu, daß die Hirnschrumpfer dafür schon einen Namen hatten.

»Ja, kleine Selbstverstümmelungen. Es soll eine Art umgeleiteter Aggression gegen die Mutter sein und ein Versuch, den vermißten Körperkontakt herzustellen.«

Für den Sekretär des Vaters wußte er ja über die Psyche der Tochter recht gut Bescheid.

»Jaja«, sagte ich, »aber deswegen kommt man doch nicht in eine Klapsmühle?«

Das Wort ärgerte ihn sichtlich. »Die Familienverhältnisse sind etwas – äh – unüblich«, sagte er zögernd, »aber ich dachte, wir könnten diese Aspekte beiseite lassen.«

»Sie hat sich also nicht etwa umgebracht?«

»Das halte ich für sehr unwahrscheinlich. Von gewissen Stimmungen abgesehen, machte sie einen sehr gesunden Eindruck.«

Ich sah mir nochmals das Foto an. Sie sah wirklich robust aus. Ein grobknochiges Mädchen mit einem geraden Blick ins Objektiv. Attraktiv war sie nicht, aber auch nicht häßlich. Sie hätte eine Bauerntochter sein können. Jedenfalls hatte ich mir die Tochter des Baulöwen Künzl anders vorgestellt – irgendwie städtischer.

»Kommen wir zu den Umständen des Verschwindens.«

»Sie hat sich einer Sekte angeschlossen.«

»O je«, entfuhr es mir. Das waren keine angenehmen Aufträge, aber immerhin solche, worin wir eine gewisse Routine hatten. Es lagen zwei Verträge im

Speicher des PC, einer mit und einer ohne Deprogramming. Die Gehirnwäsche machte mein Freund Wodarek, Psychologe und Psychoanalytiker.

Moosbrugger betrachtete mich forschend. »Warum o je?«

Ich schüttelte den Kopf. »Viel Psychoterror«, sagte ich.

Er berichtete: »Es gibt da einen Inder, dessen Namen ich nicht weiß; er ist seit etwa zwei Monaten in Wien, wohnt irgendwo privat und hält sich ziemlich bedeckt. Sie hat sich mit ihm beschäftigt, seit er da ist, dann ist sie vor etwa einem Monat in eine seiner Wohngemeinschaften gezogen, und seit einer Woche ist sie verschwunden – die Wohnung ist leer, die Nachbarn behaupten, die jungen Leute seien ausgezogen.«

»Wo finde ich den Inder?«

»Nun, ich fürchte, das gehört schon zu Ihrer Aufgabe.«

»Sie wissen nicht, wie er heißt, wo er wohnt, was er lehrt – ist das nicht ein bißchen wenig?«

»Sie hatte ein Buch von ihm, seine Heilige Schrift sozusagen, da war eine Kokosnuß vorne auf dem Umschlag.«

»Eine Kokosnuß!«

»Ich weiß, es klingt lächerlich, aber vielleicht ist es ein Hinweis.«

Ich fragte ihn noch eine Weile ohne weiteres Ergebnis aus, dann nannte ich ihm die Tagessätze von WMA, und er schrieb einen Scheck über eine recht hübsche Summe als Vorschuß aus. Er unterzeichnete ihn ohne ppa oder einen ähnlichen Vorsatz.

»Ich bin Ihr Auftraggeber, nicht Herr Künzl«, sagte er, »hier ist meine Telefonnummer. Rufen Sie mich an, wenn Sie etwas wissen.«

Er ging, nachdem er mir seine Visitenkarte gegeben hatte. Nach so viel Arbeit gönnte ich mir eine Pause und nahm mir die Tageszeitung vor. Die ersten drei Seiten überblätterte ich, sie berichteten mit Riesenaufmachung über die Ermordung eines Abgeordneten durch Terroristen, die sich ›Gruppe Ludwig‹ nannten. Die von Folterspuren überzogene Leiche des politisch weit rechts stehenden Abgeordneten war auf einer Müllhalde gefunden worden, mit einem Schild um den Hals: *So stirbt ein Schwein. Gott mit uns! Gruppe Ludwig*. Die Sache war nicht uninteressant, aber ich hatte schon im Fernsehen eine Menge darüber gesehen, und die Zeitung hinkte hinterher und wußte keine neuen Aspekte außer dem üblichen Geschwafel. In einem Kasten war zusammengestellt, was über die ›Gruppe Ludwig‹ bekannt war: Seit 1977 gab es in Norditalien eine Reihe bizarrer Verbrechen: eine Prostituierte wurde mit einem Hammer erschlagen und einem Beil zerstückelt, ein Fixer in seiner Hütte verbrannt, Homosexuelle, darunter auch Mönche, wurden erschlagen oder abgestochen, einem anderen Pater war gar ein Kruzifix ins Genick getrieben worden,

Brandstiftungen in Diskotheken und Sexkinos führten zu Toten. Dazu gab es Briefe mit italienischen Texten in runenhaften Blockbuchstaben und Naziemblemen, die das ›Gesetz Ludwigs‹ verkündeten. Man hatte Verhaftungen vorgenommen, man vermutete, daß die Gruppe die Verantwortung für fremde Verbrechen übernahm und andere die ihren mit dem Namen tarnten, auch in Bayern sollte die Gruppe umgehen – kurz, die Sache war völlig mysteriös. Sonst war nicht viel Interessantes in der Zeitung, über Sekten fand ich auch nichts, aber das wäre ja zuviel verlangt gewesen an Duplizität der Fälle. Bis zum Büroschluß las ich Kontaktanzeigen, fand aber niemanden, der mich oder den ich hätte kontaktieren wollen. Unter *Detektive* standen wir an letzter Stelle, aber die Spalte war kurz, da spielte das keine Rolle.

Im Kinoprogramm fand ich *Die Katze kennt den Mörder*, den hatte ich zwar schon zweimal gesehen, aber er war mir noch für einen dritten Besuch gut, damit war geklärt, was ich am Abend tun würde. Ich warf den Aktendeckel mit der Entlassungsgeschichte in eine Schublade und sperrte das Büro hinter mir ab. Draußen sah es nicht so aus, als ob der Abend durch ein Gewitter abgekühlt würde.

2

Als ich aus dem Kino kam und zum Wagen ging, traf ich Wanda. »Warst du im Kino? Hast du den Film nicht schon mal gesehen?« sagte sie.

»Schon zweimal. Aber ich genieß es immer wieder, wie Art Carney seine Gegner austrickst.«

»Ist das der alte Detektiv?«

Ich nickte. Sie kannte den Film also auch.

»Du siehst dir die falschen Filme an. Identifizierst dich mit einem Greis, der sich auf sein Köpfchen verlassen muß, weil er's anders nicht mehr bringt. Du solltest dir Bruce Lee ansehen.« Sie tippte mir scherzhaft ans Schlüsselbein. Es würde noch tagelang wehtun.

»Was macht der Fall Wiebek?« fragte ich. Wiebek war der vermutliche Paranoiker.

Wanda zuckte die Achseln. »Ich seh noch nicht ganz klar. Entweder ist der Bursche klinikreif, oder seine Gegner sind die Gruppe Ludwig. Weißt du eigentlich was über die?«

»Na, angeblich sollen sie ja den Besser umgebracht haben.«

»Glaubst du das?«

»Weiß ich's? Wie kommst du auf die Gruppe Ludwig?«

»Der Wiebek hat heut damit angefangen, nachdem er zuerst vom KGB gefaselt hatte.«

»Dann hat er's aus der Zeitung.«

»Glaub ich auch. Ich frag mich, ob er die Ermittlungen überhaupt zahlen kann, seine Wohnverhältnisse schauen nicht danach aus.«

»Vorläufig ist es noch mit dem Vorschuß gedeckt. Gehst du mit, etwas trinken?«

»Nein, ich geh ins Frauencafé.« Dort war kein Zutritt für Männer. »Aber ich muß dir noch was sagen: bevor du ins Büro gekommen bist, hat Marius aus Jesolo angerufen. Die Frau hat ein Verhältnis mit einem Lebensretter angefangen und Marius gebeten, die beiden zu fotografieren, weil sie gesehen hat, daß er immer eine Kamera herumschleppt. Und so hat der gute Mario mit der Knipskamera Bildchen von dem Paar gemacht, hinter dem er dauernd her war.«

»Gute Story«, sagte ich. »Hat er brauchbare Bilder? Dann könnte er ja den Urlaub abbrechen.«

»Würd er gerne, Jesolo geht ihm fürchterlich auf die Nerven, aber bisher haben die beiden nur geschmust. Er ist aber sehr zuversichtlich.«

Mit ihrer mexikanischen Bluse und dem schwingenden Rock sah Wanda wirklich nicht wie ein kesser Vater aus. Aber es war doch gut, daß sie einer war, sonst hätten wir im Büro trouble gehabt. Ich drückte ihren nackten kühlen Arm. »Bist du morgen vormittag im Büro, bis ich komme – so gegen elf?«

Sie nickte, und wir gingen in verschiedene Richtungen davon.

Ich rief von einer Zelle aus Wodarek an, aber er war weder zu Hause noch in seiner Praxis. Mein Auto stand zwei Straßen weiter, in einer Parklücke, in die ich es gerade noch hatte hineinzwängen können. Ich fuhr in eine Weinstube, die ich gelegentlich frequentierte, weil dort manchmal einsame Herzchen an der Theke standen.

Es war auch wirklich eines da, aber das war so groß wie ein Nilpferd, na, sagen wir, ein Zwergnilpferd. Ich setzte mich an einen Tisch zu ein paar jungen Burschen, die zielbewußt soffen, Glas um Glas, als wüßten sie warum, aber tatsächlich trieben sie nur so hin, im Strom der Dinge.

Ich vernichtete ein Viertel Brünnersträßler, dann noch eins. Auf mein drittes Glas fiel ein Schatten. Das Zwergflußpferd stand da, rammte einen Stuhl zwischen mich und meinen Nachbarn und sagte zu dem: »Laß mich her, ich will den aufreißen.«

Sie meinte mich.

Sie setzte sich neben mich, drückte ihren Schenkel an den meinen und legte mir einen Arm um die Schultern. Ich hielt mich an meinem Glas fest.

»Ist das nicht so, wie es die Männer immer machen?« Sie streichelte mein Ohrläppchen. Sie drückte meinen Schenkel. Ihr Arm lag schwer um meinen Hals.

Ich dachte, es sei eine Art Show. Ich sagte: »Ja,

verdammich, jetzt kann ich mir vorstellen, wie unangenehm das einer Frau sein muß, wenn sie von so einem Kanker angemacht wird, Mädel, aber nun nimm bitte wieder den Arm von meinem Hals, ich möcht in Ruhe trinken, weiter nichts.«

Ich dachte, sie würde mir eine betonieren oder mich fragen, was ein Kanker sei, aber sie streichelte meine Hand und sagte:

»Ich glaube, du hast nicht ganz verstanden, worum es geht. Du denkst, ich spiele diese Gefühle nur, aber diese Gefühle sind echt. Mann, ich steh wirklich auf dich, nun laß dich doch schon streicheln.«

Ich starrte in meinen Wein und überlegte, ob es vielleicht wirklich so sei, wie sie sagte, und das wäre mir sehr unangenehm gewesen. Ich bin sicher nicht der keusche Josef, ich treibe es mit jeder Frau, die kleiner ist als ich und einen runden Hintern hat, und möglichst zwei Augen, nicht mehr und nicht weniger, aber hier ging alles auf die falsche Tour: die Frau war einen Kopf größer und zwanzig Kilo schwerer als ich, sie hatte einen zu kleinen Schädel, hervorquellende Augen und kurze Haare, da krieg ich keinen hoch. Verdammt, ich weiß, daß es nicht darum gehen sollte, aber meinem Körper geht es darum, da spielt er nicht mit. Sie war möglicherweise eine prächtige Frau, clever, verständig, initiativ, aber hier ging es nicht ums Diskutieren, hier ging es ums Ficken.

»Hör mal«, sagte ich, »ich habe es nicht gern, wenn

du mich berührst.« Das war die Wahrheit, aber ich hätte sie nicht aussprechen sollen, in dem Mammutkörper wohnte ein sensibler Geist, sie sah so verstört drein, daß ich Mitleid bekam. »Du kannst den Arm schon da lassen, wenn es dir Spaß macht.« Sie ließ ihn da, saß neben mir, 90 Kilo Elend, und streichelte mit ihren Wurstfingern meine Wurstfinger, und ich stierte in mein verdammtes Glas. Der Wein nützte nichts, er kann Linien weicher machen, aber das war bei ihr nicht das Richtige, es hätte eine Droge gebraucht, die Leute verkleinerte. Und in diesem Fettkörper war ein schöner Geist eingesperrt, aber den konnte ich nicht ficken.

»Du behandelst mich wie Dreck«, sagte sie im Ton einer großen Erkenntnis, aber mit flacher Stimme, »und ich tue einfach so, als merkte ich es nicht. Warum tust du so etwas? Es ist doch gemein. Ist es dir wirklich so unangenehm, wenn ich deinen Kopf streichle?«

»Nein«, log ich, »nein, du kannst mich ruhig streicheln, wenn du magst, ich werde still dasitzen und in meinen Wein schauen«, und ich dachte an Philip Marlowe, an Zen-Buddhismus und alle die anderen Ausflüchte, sich wie ein Arschloch zu verhalten.

Was soll ich sagen? Sie streichelte mich, und ich streichelte nach einer Weile sie, und schließlich mußten wir gehen. Ich hätte sie heimfahren und absetzen sollen, aber ich Dämel hatte meine moralische Minute und sagte im Auto, beinhart, weil ich's nicht anders herausbrachte:

»Verdammt, wir sollten doch pudern, komm, gehen wir.« Es gibt eine Menge Frauen, deren Angebote ich mit Handkuß annähme, aber die machen mir keine. Ausgerechnet dieses Mastodon ›verführte‹ mich! Ich hatte mich ja schon daran gewöhnt, daß die Weiber mich nicht anmachen, Glatze, Bauch und Schweißfüße sind keine Basis, aber da kam eine echt nasse Frau, und ich konnte sie nicht brauchen.

Mittlerweile zögerte sie, und genau das war es, was den Ausschlag gab. Hätte sie jetzt freudig reagiert, hätte ich sie abschmettern und mir später zufrieden selber einen runterholen können, mit den Gedanken bei einer ganz anderen Frau, einer schlanken Androgynen mit einem runden Knabenarsch, mit Tittchen, die gerade eine Hand füllen, aber so geriet ich in die Rolle des aktiven Elements, die ich nur zu gern ausfüllte, nachdem ich so in sie hineingeschlittert war, und ich brachte sie bis in ihr Schlafzimmer. Dort stieg ich erstmal auf eine gefüllte Gummiwärmflasche, das exakte Pendant zu meiner Vorstellung von ihrem Körper. Wozu brauchte sie in einem glühendheißen Sommer eine Gummiwärmflasche? Ich zog mich profimäßig aus, sie tat es auch so irgendwie, und ich schaute hin – sie war ungeheuer groß und fett und ganz weiß, und in ihrem linken Knie zuckte das Zickzack einer Krampfader, an der man sich festhalten konnte, so weit stand sie heraus. *Dans l'amour véritable c'est l'âme qui enveloppe le corps*, fiel mir ein. Wir ließen das Licht an, ich warf mich in der Missionarsposition auf sie, steckte ihr die Zunge in den Mund, schloß die Augen und rührte in ihrem Mund herum, der war wie irgendein Mund irgendeiner kleinen, rundärschigen, schönen Frau. Aber unter mir war ein Styroporsack, ein Plumeau, a big dummy, die Titten fühlten sich an wie mit Plastikstreifen gefüllte Plastiksäcke, am Arsch war die Haut Reibeisen, und die Möse fischelte, daß ich wußte, ich würde den Geruch lange nicht mehr loswerden.

Es würgte mich, ich sah hinunter auf ihren winzigen Schädel, wunderte mich, wieso sie sich so anfühlte, als sei sie vollkommen rund, und sie spürte etwas und drehte das Licht ab.

Mein Schwanz stand, war aber zu klein für ihre Öffnung, vor der ein zentimeterdicker Schamberg aus purem Fett lag, der mich schon ein Viertel meiner Länge kostete, und ich bemühte mich, immer krampfhaft an kleine Frauen denkend, bis der Pimmel seinen Geist aufgab, endgültig, ohne Abspritzen. Sicher sind das keine guten Nummern, wenn man von Anfang an überlegt, wann man wieder gehen kann, ohne den anderen zu beleidigen. Wir machten es in der Dochtlöscherposition, und das löschte meinen Docht. Sie saß auf mir, ein 90-kg-Alptraum, ich knetete ihren Steiß und ihre Brüste, alles wie in Brobdingnag. Ich steckte ihr einen Finger hinten rein und einen vorne und spielte One-man-band, aber ohne Zunge, denn einen Cunnilingus lehnte sie überraschenderweise ab.

Irgendwann war die Horrorshow vorüber. Ich lag neben ihr, rieb ihren Kitzler und dachte an meinen eigenen Geruch, der insbesondere von den Füßen allmählich heraufdrang. So lagen wir nebeneinander im Bett, ich masturbierte sie, und sie machte an meinem Pimmel etwas, was sie wohl auch dafür hielt, ich könnte mir jedenfalls nicht erklären, was es sonst gewesen sein sollte, aber es tat mir mit der Zeit weh, und ich bat sie, aufzuhören. Schließlich fand ich den Mut, aufzustehen und mich anzuziehen.

»Du kannst die ganze Nacht dableiben«, sagte sie mit überraschend zärtlicher Stimme aus dem Dunkel.

»Nee, ich kann nicht«, sagte ich unbestimmt, »ich tät mal Licht brauchen, ich find meinen zweiten Schuh nicht.«

Sie machte Licht und zog sich die Decke über.

Ihrem Zimmer nach zu schließen war sie Studentin. Es war ziemlich bescheiden eingerichtet, mit einer Menge Plakate an der Wand. Eines der Plakate zeigte eine große stilisierte Vagina in einer Art Ei. War sie Feministin? Doch wohl kaum. Zwei andere Plakate zeigten immerhin Burt Reynolds und Richard Gere.

Sie küßte mich, als ich ging, was mich ein wenig beschämte, aber ich ließ es mir nicht anmerken. Ich taperte das Stiegenhaus hinunter zum Wagen und fuhr mit einem seltsamen Gefühl unbefriedigter Ermattung nach Hause.

3

Am nächsten Morgen suchte ich eine esoterische
Buchhandlung in der Innenstadt auf.

So früh am Tag war ich der einzige Kunde. Die
Verkäuferin hatte hennarotes Haar, kaute Gummi und
sah mir träge dabei zu, wie ich die Regale musterte.

Es gab jede Menge Literatur über Astrologie, Chiro-
mantie, Pendeln, Tarot, Außerirdische und den ganzen
anderen Quark, aber ich fand nichts über Sekten. Nach
einer Weile begriff ich, daß die Abteilung hier ›Kirchen‹
hieß. Ich blätterte ein bißchen in Büchern, die keine
Kokosnuß auf dem Umschlag hatten, und las ein paar
Klappentexte, des Amüsements wegen. Jesus war in
Nepal gestorben; die Volkstempelsekte in Guayana
einem Drogenexperiment der CIA zum Opfer gefallen;
die Tibeter konnten mittels Musik Steine zum Schwe-
ben bringen; in den Maßen der Cheopspyramide fand
man alle Zahlen, die man nur suchte, wieder; die
Zeugen Jehovas freuten sich im Paradies an den Qualen
der anderen in der Hölle, die sie offenbar durch
Panoramascheiben beobachten konnten; Kokosnuß
sah ich keine.

»Kann ich Ihnen helfen?« sagte die Verkäuferin, als
ich mich ihr zuwandte.

»Meine Freundin sucht ein Buch von einem Inder,

ich weiß aber nicht mehr, wie es heißt – ich glaub, vorn ist eine Kokosnuß drauf.«

»Eine Kokosnuß?«

Ich nickte wichtig, als wüßte ich, wovon ich redete.

»Wer hat die Kokosnuß geklaut?« sagte die Verkäuferin nachdenklich.

Ich lächelte. »Irgendsoein Inder. Er soll zur Zeit in Wien sein.«

»Ravi Shankar?«

»Gut möglich«, sagte ich, »ich bin mir nicht ganz sicher.«

»Das ist ein Sitarspieler.«

Es war mir gleichgültig, ob der Bursche Poker oder Taschenbillard spielte, ich brauchte nur einen Hinweis auf ihn.

»Warten Sie, nein!« rief die Frau mit überraschender Lebhaftigkeit, »jetzt weiß ich's! Ist das Ihre Kokosnuß?«

Sie zog aus einem Pappkarton, der seitlich hinter dem Ladentisch in einem Regal stand, eine Broschüre heraus. Ich starrte das Titelbild an.

»Was ist denn das?«

»Die Seychellennuß«, sagte sie, »das tantrische Sinnbild der Vagina.«

Das Titelbild war zwar eine Fotografie, aber das abgebildete Objekt war zweifelsfrei jenes ›Ei‹, das ich in der vergangenen Nacht auf dem poster meiner Zufallsbekanntschaft gesehen hatte.

»Das ist das Buch«, sagte ich, »packen Sie mir's ein und geben Sie mir eine Rechnung fürs Finanzamt.«

Mit dem Buch unterm Arm machte ich mich sofort auf den Weg zu meinem One-night-stand. Den Namen wußte ich zwar nicht, aber die Wohnung würde ich finden.

Ich fand sie auch, aber es war niemand da. Ich notierte mir den Namen – C. Hofer – vom Schildchen und beschloß, mir als nächstes die Adresse der ehemaligen Wohngemeinschaft, in der die Künzl zuletzt gewohnt hatte, anzusehen.

Das war im fünften Stock eines Altbaus ohne Lift. Eine massive Tür ohne irgendeinen Hinweis, wer sich dahinter verbarg. Ich läutete. Nichts rührte sich. Ich läutete nochmals. Nebenan öffnete sich eine Tür, und eine alte Frau erschien, mit einem Einkaufskorb. Sie machte umständlich an ihren Türschlössern herum und sah mich dabei fast ständig an. Ich läutete nochmals.

»Da werden S' niemand finden«, sagte die Alte, »sind alle weg, die jungen Leut.«

»Ausgegangen?« sagte ich.

»Nein, ausgezogen, die Wohnung ist leer. Ein Glück ist das! Das war ja ekelhaft. Man hat sich ja fürchten müssen mit den vielen fremden Mannsbildern. Es ist ja auch eine Sauerei, daß so etwas in einem Mietshaus erlaubt ist...«

»War das nicht eine Sekte?« unterbrach ich ihren Redeschwall, »so Sektierer, wissen Sie?«

Die Alte lachte so sehr, daß sie sich an ihrer Tür-klinke festhalten mußte, dann hustete sie eine Weile, dann sagte sie triumphierend: »Sekte? Huren waren s', ganz g'wöhnliche Huren!«

»Dann bin ich vielleicht an der falschen Tür, ich dachte, da sei eine Hausgemeinschaft von einer religiö-sen Gruppe...«

»Religiöse Gruppe, pfui Teifel«, ereiferte sich die Alte, »die Religion kennt man schon! Dabei warens' hübsche Mädeln«, fügte sie mit plötzlicher Milde an.

»Haben Sie s' gekannt?«

»Ich kenn doch keine Hurenmenscher«, sagte sie, »die Namen weiß ich natürlich, weil man's ja immer g'hört hat.«

»War eine Katharina dabei?« Das war der Vorname der Künzl.

»Ja, eine Kathi war schon.«

Ich zog das Foto aus der Tasche. »Die da?«

Die Alte wurde mißtrauisch. »San Sie von der Po-lizei?«

»Nein, die Käthe ist meine Freundin gewesen.«

»Oh, Sie armer Mensch.« Sie sah das Foto an. »Ja, das war sie. Die war immer in Leder.«

»Und wo sie hin sind, wissen Sie nicht?«

»Fragen S' doch einmal unten, Nr. 24.«

»Was ist dort?«

»Werden S' schon sehen.«

Ich ging hinunter. Auf der Tür Nr. 24 stand Nagy.

Ich läutete. Die Tür öffnete sich fast augenblicklich, und vor mir stand eine Frau, die mich auf den ersten Blick an die von heut nacht erinnerte, aber sie war noch massiver. Sie trug eine Art Lederkluft, die ihre Brüste und ihr Reproduktionsorgan frei ließ.

»Kumm eina!« Eine Stimme wie Metall.

Ich machte zögernd ein paar Schritte.

»Da hinein!« Ein Stoß in den Rücken verdeutlichte mir, welche Tür sie meinte. Das Zimmer dahinter war leer bis auf ein eigentümliches Gerät, das entfernt an eine Werkbank erinnerte, ein viereckiges Holzkästchen und einen kleinen Tisch, auf dem einige Magazine lagen, sowie einen bequemen Stuhl.

»Zieh dich aus und leg deine Sachen in das Kastl da!«

»Aber – ich –«

Und schon hatte ich eine sitzen, daß mir – glaube ich – Sterne aus den Augen spritzten.

»Keine Widerrede, du Sau, zieh dich aus und mach dich fertig, ich komm gleich wieder.«

Die Tür knallte hinter mir zu. Ich nahm eines der Magazine in die Hand, es hieß *MODER*, was für *MOD*erne *ER*ziehung stand. Es enthielt Fotos von Folterungen und Inserate, die ich kurz überflog. Da stand zum Beispiel:

»Biete Nacken und Gesicht als Sitzfläche. Suche verzweifelt Frau, die ich lieben und verehren darf. Suche auch Erfahrungsaustausch über Strafhosen.«

»Erfüll dir deine Träume! Privates Zuchthaus bietet: tags Feldarbeit in Sträflingskleidung unter strenger Bewachung, nachts gefesselt im Stall oder auch Isolierzellen! Ein Sklavenleben in einem großen waldreichen Grundstück, das keiner alleine wiederfinden kann. Gesunde Luft, Wasser und Brot. Renitente lernen aufs Wort gehorchen, riechen und schlucken.«

»Ungezogener, aufsässiger Lausbub (57) will Haue mit dem Gelben Onkel auf den nacktgemachten Popo.«

»Charmante Leder-Gummi-Lady bietet gynäk. Stuhl, Klistier, NS und Schokolade, Wachsfolter, Nadelbehandlung (auch Enterhaken), Nursing, Korsettierung, Dunkelzelle und vieles mehr. Drehbares Kreuz, Galgen, Lederbock, Strafliegen etc. vorhanden.«

Unter jedem Inserat stand eine Chiffrenummer, unter manchen aber auch volle Adressen.

Dann nahm ich mir die Werkbank vor. Es war allerdings keine Werkbank, es war eine Streckbank. Um ihren Mechanismus genau zu ergründen, sah ich sie mir von unten an. Dabei fand ich ein Schildchen:

JOHANN ANSTÄNDIG

KUNSTTISCHLER

KLEINKOTZKIRCHEN

Ich war gerade wieder herausgekrochen, als die Frau zurückkam. Diesmal trug sie eine Peitsche, und ihre Augen wurden ganz rund, als sie mich sah: »Jetzt hat sich die Sau noch nicht ausgezogen! Ungehorsam, was? Du wirst schon sehen, was dir das einbringt!«

»Aber – ich –« Soweit war ich schon einmal gekommen. Sie zog mir die Peitsche ein paarmal über, daß mir das Wort im Hals stecken blieb.

»Willst noch eins, du Drecksau? Du geiler Specht? Damit du parieren lernst?«

»Hören Sie –«

Die Türglocke läutete. Die Frau warf mir noch einen undefinierbaren Blick zu und ging hinaus.

Ich hörte einen Wortwechsel draußen, dann kam sie wieder. Sie sah jetzt anders drein und sprach auch anders, nämlich ganz normal.

»Wer sind denn Sie?« sagte sie.

»Ich komm von der Sozialversicherung«, sagte ich.

»Sie sind kein Kunde?«

»Nein.«

»Oh, das ist mir aber peinlich, eine Verwechslung, wissen S’, Sie sind halt gerad zu einem Termin gekommen, wo ich einen neuen Kunden erwartet hab, den ich nur vom Telefon kenn, und der hat eine harte Behandlung ohne Präliminarien gewünscht...«

»Macht ja nichts«, sagte ich, meine Striemen reibend, »wenn Sie mir vielleicht helfen können – ich such eine Dame, die von uns Geld rücküberwiesen bekommt, leider ist sie offenbar ohne Hinterlassung einer Adresse verzogen... eine Frau Künzl, Katharina Künzl...«

Die zeitweilige Freundlichkeit auf dem Gesicht der Domina verschwand wieder. »Den Namen hab ich nie gehört.«

»Sie wohnte drei Stockwerke über Ihnen...«

»Damit hab ich nichts zu tun, ich bin selbständig. Wenn Sie jetzt gehen wollen, ich hab zu tun.«

»Sie wissen wirklich nichts über diese Künzl? Wissen Sie, wir möchten das Geld vom Konto weghaben...«

»Geben Sie's mir, wenn Sie's weghaben wollen.« Das sollte ein Scherz sein. Sie öffnete die Türe weit, und ich ging hinaus. Hinter einer anderen Tür wartete der Kunde, dessen Striemen ich kostenlos mitnehmen durfte.

Wanda saß im Büro und las in einem Waffenjournal. »Na, was tut sich?«

»Ein heißer Fall, jedenfalls ist mir heiß geworden«, sagte ich, »aber ich habe auch eine Spur. Sie führt nach Kleinkotzkirchen.«

»Du willst nur zum Heurigen!«

»Nein, wirklich. Hat sich Marius schon wieder gemeldet?«

»Ja, jetzt hat er einen sicheren Beweis für die Untreue der Frau, er hat sie nämlich letzte Nacht gebumst.«

»Wer – der Lebensretter?«

»Nein, Marius. Er war am Telefon ziemlich kurz

angebunden, aber ich fürchte, er steht auf die Dame.«
Wanda kräuselte spöttisch ihre Lippen. »Unser guter
Marius verpatzt seinen Auftrag.«

Ich rief sofort in dem Hotel in Jesolo an, aber
natürlich war Marius am Strand und nicht zu erreichen.
Ich hinterließ, daß er sofort zurückrufen solle, wenn er
zurückkäme.

Wanda hatte ihr Journal mittlerweile fertig und
machte Anstalten, wegzugehen.

»Kennst du jemanden, der Govi heißt?«, fragte ich.

»Ja, das ist so'n großer Lulatsch mit langen schwarzen Ohren, rotem Pulli und blauer Hose, ein Freund
von Mickey Mouse.«

»Zum Totlachen«, sagte ich, »diese drückende Hitze
ist genau das richtige Wetter für brillante Kalauer als
Antworten auf ernstgemeinte Fragen.«

»Ooch, du meinst nicht Goofy?«

Ich wickelte das Buch aus seinem Umschlag und
zeigte es ihr. Sie betrachtete die Seychellenkokosnuß
mit offensichtlichem Vergnügen.

»Scheint ein gutes Buch zu sein.«

»Weil 'ne Möse drauf ist? Es ist ein Buch über Tantra, und es ist von dem Burschen, der hinter dem
Verschwinden der Künzl steckt. Und der heißt
Govi, zumindest ist das der kürzeste von seinen Namen.«

»Was ist Tantra?«

»Ich hab bisher bloß Titel und Untertitel gelesen,

aber es muß irgendsoein indischer Fakir-Hokuspokus sein.«

»Genau! Ringo Starr wird mal von so einem Priester der Göttin Kali verfolgt, weil er einen Kultring anhat!«

»Zweifellos eine nützliche Information. Vielleicht zahlt Moosbrugger was dafür.«

Wanda verzog sich, ihrem Ludwig-Paranoiker beizustehen, und ich goß mir ein bißchen Malt in einen Pappbecher. Das Telefon läutete, ich meldete mich und hörte eine Männerstimme: »Pfoten weg von der Künzl, sonst brech ich dir deine Fingerchen!« Klick!

Ich goß mir Malt nach.

4

Der Innenminister freute sich, daß die ganze Angelegenheit nun mehr oder weniger erledigt sei, wenn er auch niemanden vorverurteilen wolle, er dankte der Polizei für die geleistete prompte Aufklärungsarbeit, dann kamen ein paar Bilder von dem jungen Mann, der verhaftet worden war, weil er den Nationalratsabgeordneten Besser ermordet hatte. Bessers Frau, der man die ehemalige BDM-Führerin immer noch ansah, schluchzte ein wenig ins Mikrophon, es folgte ein Interview mit dem Polizeichef.

»Das Essen ist fertig, glaub ich«, rief Wodarek aus der Küche, »ich hoffe, die Nachrichten auch.«

»Ja«, sagte ich, »nix is mit der Gruppe Ludwig.«

»Ich hab das gleich für einen Bluff gehalten, wenn ich jemanden umgelegt hätte, würde ich auch versuchen, es der Gruppe Ludwig in die Schuhe zu schieben, obskurer geht es ja nicht mehr.«

Aus der Küche kamen das Geräusch des Backrohröffnens und eine Welle von Fischgeruch mit angenehmen Beimischungen von provençalischen Kräutern. Das angekündigte Plaki war zwar ein griechisches Gericht, aber Wodarek ging mit den Details großzügig um.

Ich nahm einen Schluck Blanc de blancs. Sue schaltete den Fernseher ab. Sue hieß eigentlich Susanne; sie war seit zwölf Jahren mit Wodarek verheiratet. Jeder nannte sie beim Vornamen, wie jeder von ihm per Nachnamen sprach. Sie ergänzten sich offenbar auch sonst, obwohl man davon als Außenstehender nichts merkte.

Ich kannte beide seit gut zwanzig Jahren. Wodarek war es, der mir zum Beruf des Detektivs geraten hatte. Mein emotionelles Desinteresse an meinen Mitmenschen, meine voyeuristischen und sadomasochistischen Züge, mein moralischer Nihilismus und meine Unfähigkeit zu kooperativer Arbeit würden mich für diesen Job sehr geeignet machen, hatte er mir mit seiner damals üblichen Direktheit erklärt (später machte er Kurse in Gesprächstherapie, Transaktionsanalyse und ähnlichem und legte sich eine diplomatischere Ausdrucksweise zu). Ich hatte ihn gefragt, was er davon hielte, wenn ich eine Detektei aufmachte, denn ich hatte gerade ein Verhältnis mit der Tochter des Wirtschaftskammerpräsidenten und konnte deshalb per Nachsicht leichter zu einer Lizenz kommen als es die Gewerbeordnung vorsah. In Österreich gab es da nämlich Probleme, während beispielsweise in Deutschland Detektiv ein freies Gewerbe ist. Meine ›Vorbildung‹ bestand darin, daß ich gelegentlich für eine Detektei arbeitete – jene Art von Dreckzeugs, für das wir jetzt auch Arbeitslose und andere, die sich's nicht aussuchen konnten, zeitweise beschäftigten.

Es zeigte sich, daß seine Empfehlung richtig gewesen

war, unsere Detektei ging von Anfang an ganz gut, vielleicht weil ein Teil unserer Methoden doch eher unkonventionell war, zumindest für das verschlafene Wien. Wodarek hielt auch meine Kompagnons für die richtigen Leute am richtigen Platz, »eine Lesbe, ein Infantiler und ein Narziß, ein prächtiges Trio«, sagte er – auch vor der Gesprächstherapie natürlich.

Das Plaki, ein Auflauf aus Fischen, Zwiebeln, Knoblauch und Tomaten, schmeckte vorzüglich, der Blanc de blancs war auch nicht übel. Ich hatte den ganzen Nachmittag im Büro Abschlußberichte zu älteren Fällen geschrieben und mittlerweile herzlich Lust, mich trotz der Hitze mit Wein anzufüllen.

Nach dem dritten Glas erzählte ich die Geschichte von Marius. »Heute nachmittag ruft er mich an und sagt, er sei in einer Bredouille, die Frau sei verliebt in ihn und habe erklärt, sie werde nicht mehr nach Hause fahren.«

Susanne fragte: »Was hast du ihm gesagt?«

»Ich hab ihn gefragt, ob er ihr seinen Beruf schon gesagt hat und warum er dort sei. Er hatte natürlich nicht, und ich sagte ihm, er solle es tun, dann nähme die Sache schon eine andere Wendung. Wenn er ein Angestellter wär, würde ich ihn feuern, aber so, bei einem Freund, muß ich mir mit einem Arschtritt behelfen.«

»Einem realen?« Susanne lächelte.

»Einem psychischen.« Marius war größer als ich.

»Wird er es tun?« fragte Wodarek.

»Ich weiß nicht. Ich hoffe es aber. Natürlich könnte er auch einfach abhauen, nehme ich an. Ich glaub kaum, daß er sich unter seinem richtigen Namen eingetragen hat, und es müßte schon verdammtes Pech sein, wenn sie ihn wiederfindet. Aber ich fürchte, er ist nicht der Typ für eine solche Lösung.«

Wir unterhielten uns eine Weile über Marius' Psyche, mit sehr unterschiedlichen Beurteilungen: Susanne sah ihn bemerkenswert positiv aus Blickwinkeln, die uns beiden recht fremd vorkamen, Wodarek beurteilte ihn milde, ließ aber deutlich erkennen, daß er ihn für einen fürchterlichen Simpel mit großer manueller Geschicklichkeit und einem Sinn für Mechanik hielt, und ich war ein bißchen ungerecht, weil ich mich immer noch ärgerte.

Dann wechselte ich das Thema. »Was weißt du über Tantrismus?«

»Tantrismus? Ein indischer Ekstasekult – ein Höhepunkt des Rituals besteht darin, eine Menstruierende zwischen den zur Verbrennung hergerichteten Leichen zu vögeln.«

»Wo machen die das in Europa – in der Morgue?«

»Da friert ihnen der Arsch ab.« Wodarek lachte. »Nein, du, ich weiß da nichts Gescheites. Was ich gesagt hab, stimmt zwar so irgendwie, also so ein Ritual gibt es zumindest, aber es ist ungefähr so, wie wenn du jemanden fragen würdest, was das Christentum ist, und er erzählt dir eine Anekdote aus

Corvins *Pfaffenspiegel*, weil das das einzige ist, was er dazu gelesen hat. An etwas kann ich mich noch erinnern – die Tantriker verletzen absichtlich die Speisegebote der oberen Hindukasten, essen also Fleisch und trinken Alkohol, der dekonditionierenden Wirkung des Tabubruches wegen, nehme ich an.«

»Da werden sie sich aber im Westen schwertun, ein Tabu zu brechen, viele haben wir nicht mehr.«

»Warum redest du immer vom Westen?«

Ich erzählte ihnen die Angelegenheit Künzl.

»Das ist ja mal ein richtiger Fall wie bei Chandler«, sagte Wodarek, »mit einer schönen Frau, einem undurchsichtigen Exoten, einer geheimnisvollen Drohung –«

Ich hatte Chandler anders in Erinnerung und unterbrach: »Mit der Schönheit der Frau ist es nicht weit her, und mit der Drohung wohl auch nicht – immerhin ist sie aber das erste mysteriöse Symptom der ganzen Sache. Ich vermute, daß unser Tantrika oder seine Sekte dahinterstecken.«

Susanne sagte: »Gibt es da nicht so einen Film mit den Thugs, die hinter Ringo Starr her sind –«

»Bitte nicht, nicht du auch noch«, rief ich mit komisch sein wollender Abwehr, »damit ist mir schon Wanda auf die Nerven gefallen! Aber ich bin erstaunt, wie viele Leute die Thugs, die Göttin Kali und ähnliches Zeugs kennen.«

»Alle, die mal Rolf Torring gelesen haben«, sagte

Wodarek fröhlich und öffnete eine weitere Flasche, einen Chablis. Das Gespräch wandte sich einem anderen Fall zu, diesmal einem von Wodarek.

Später wurde ich unternehmungslustig und fragte die Wodareks, ob sie noch irgendwohin mitgingen. Sie wollten nicht, sondern witzelten, sie hätten noch ein kleines tantrisches Ritual vor. Wenn Eheleute nach zwölf Jahren noch so scharf aufeinander sind, soll man nicht stören, dachte ich, und brach alleine auf.

Im Stiegenhaus beschloß ich, meinen Rausch auszunützen und die Hofer aufzusuchen.

Auf der Straße kam mir mein Wagen irgendwie komisch vor. Es lag daran, daß beide Vorderreifen aufgeschlitzt waren. In den Staub des Kotflügels hatte jemand ein kleines κ gemalt.

Ich bat Wodarek, eine Werkstatt anzurufen, die bis zweiundzwanzig Uhr offen hatte, und bestellte dann ein Taxi.

»Die Sektenheinis scheinen aber doch recht beharrlich zu sein«, sagte Wodarek, »wenn wir einmal annehmen, daß das κ für Künzl steht.«

Ich zuckte die Achseln und sagte großspurig: »Ich werd jetzt gleich einmal recherchieren gehen.«

Das Taxi brachte mich zur Wohnung von C. Hofer (was mochte das C. heißen – Cynthia? Clara? Carmen?), und ich sah an dem winzigen Licht im Spion, daß diesmal jemand zu Hause war.

Sie sah fremd aus, als sie öffnete – nicht gerade so, daß ich sie nicht erkannt hätte, aber nicht wie jemand, mit dem ich eine Nacht zuvor geschlafen hatte.

Ein Ausruf der Überraschung entfuhr ihr. »Du bist es«, fügte sie dann an. Sie sah nicht eben erfreut aus.

»Ja«, sagte ich ein bißchen doof, »ich... ich... äh, ich wollt dich wiedersehen.«

»Komm rein.« Sie trat einen Schritt zurück. Ich kannte die Räumlichkeiten ja schon. Sie hatte nur ein einziges Zimmer – das mit den Matratzen und dem Plakat. Daneben waren eine winzige und, wie ich mit einem Seitenblick sah, ziemlich unaufgeräumte Küche und ein Badezimmer.

»Setz dich doch. Magst du was trinken?«

»Wenn du einen Wein hast? Einen offenen?«

»Ich kann ja einen aufmachen.« Sie ging in die Küche und kramte dort herum. Ich sah mich im Zimmer um. Wenigstens war sie allein. Wenn ihr Freund gerade dagewesen wäre, hätte ich mir mehr ausdenken müssen als in dieser Situation.

»Weißt du, ich hab dieses Ding da gesehen«, sagte ich, nachdem wir beide volle Gläser hatten – diesmal gab es einen burgenländischen Rotwein, gerade noch trinkbar –, und wies auf das Plakat mit der Seychellennuß, »und das interessiert mich. Hast du etwas mit Tantra zu tun?«

Sie schien heilfroh, daß wir ein gemeinsames Thema hatten, denn sie blühte sichtlich auf.

»Ja, ich beschäftige mich damit, allerdings erst seit ein paar Wochen. Ich bin bei einem tantrischen Zirkel.«

»Ich interessiere mich auch für Tantra, weißt du. Mir ist da ein Buch in die Hände geraten, das mich sehr beeindruckt hat.« Ich hatte es dabei und zeigte es ihr.

»Oh«, sagte sie, »das ist ein sehr guter Autor.«

»Er soll jetzt gerade in Wien sein.«

Sah ich nicht einen prüfenden Ausdruck in ihren Augen?

»Ja«, sagte sie, »das habe ich auch schon gehört.«

»Es müßte doch faszinierend sein, so einen Meister einmal direkt zu treffen.«

»Ach, die Tantrikas gehen nicht missionieren, man muß schon zu ihnen kommen. Das find ich so schön am Tantra, daß es nicht missionarisch und vollkommen tolerant ist.«

Ich steuerte auf mein Ziel los. »Ich würde gerne diesen Meister persönlich sehen. Ich finde das immer viel überzeugender als Bücher, die einfache, direkte Anschauung. Das ist mir beim *Club 2* schon oft so gegangen, daß ich einen Autor gesehen habe und nach fünf Minuten wußte, den muß ich nicht lesen, der ist ein völliges Arschloch. Aus den Texten wird das nie so schnell klar.«

»Ich kann mal fragen im Zirkel, ob jemand etwas weiß«, sagte sie, »vielleicht kannst du den Meister wirklich treffen. Ich würd das ja auch ganz gerne. Ich hab nur was gehört, daß er auf der Durchreise sei, er

will nach Venedig, dort soll ein Chakrapuja statt-
finden.«

Ich konnte nicht gut fragen, was das sei, nachdem ich
behauptet hatte, das Buch gelesen zu haben, und es
dort vielleicht drinnenstand, aber ich merkte mir die
Information.

»Wie heißt du eigentlich mit Vornamen?« wechselte
ich das Thema.

»Claudia, und du?«

»Adrian.«

»Tulpendieb!« rief sie grinsend.

»Nein«, sagte ich, »*Rosemarys Baby*.«

Wir stießen mit den Gläsern an. Eigentlich war sie
recht sympathisch, vor allem, so lange sie nicht sexuell
aggressiv wurde. Aber das gehörte ja wohl zum Tantra?

»Das ist mein Spiegel für das Ritual«, erklärte sie
unvermittelt und zeigte auf den Spiegel an der Innen-
seite der offenstehenden Kastentür, »für das Wahrnehmungsritual. Machst du auch schon praktische Übungen, oder studierst du nur Theorie?«

»Bis jetzt nur Theorie.«

»Du solltest mit den Übungen anfangen, du wirst
staunen, wie schnell sich deine Sinnlichkeit ändert.«
Ihre Gesichtsfarbe wurde ein wenig dunkler. »Ehrlich
gesagt, mein Aufriß gestern, das war zum Teil auch eine
Übung, ich dachte mir, ich müsse mal über meinen
eigenen Schatten springen – ich hab vorher nie so etwas
gemacht.«

»Aber es hat ja funktioniert«, sagte ich ein bißchen vage.

»Ja, natürlich, Tantra setzt etwas in Bewegung, dazu mach ich es ja.«

So ganz wohl schien ihr aber doch nicht zu sein.

Ich betrachtete ihre Kleider und versuchte mir in Erinnerung zu rufen, wie sie nackt ausgesehen hatte. Es war eine Art perverse Neugier (denn ich erinnerte mich ja sehr wohl, daß ich sie abstoßend gefunden hatte), und aus derselben Motivation heraus sagte ich: »Hast du heute das Ritual schon gemacht?«

»Das Abendritual nicht, ich wollte gerade, als du geläutet hast.«

»Darf ich dir zusehen? Ich möchte was lernen.«

»Nein«, sagte sie, neuerlich errötend, »ich möchte nicht. Ich weiß, daß das nicht tantristisch ist, aber ich muß mich einfach selber mehr dran gewöhnen. Wenn ich mehr Routine hätte, ok., aber jetzt nicht.«

»Erzähl mir was über deine Erfahrungen. Weißt du, ich merke mir Erzählungen besser als Lektüre.«

»Kannst du deine linke Brustwarze spüren – jetzt, meine ich, ohne hinzufassen?«

»Nein.« Ich war überrascht.

»Siehst du, ein Tantrika kann das jederzeit. Er kann Lust hinschicken und abziehen, an jeden Punkt seines Körpers. Man konditioniert sich dazu, und mit den richtigen Techniken geht das ziemlich schnell, zumindest am Anfang.«

»Du sexualisierst deinen ganzen Körper?«

»Ja, klar, hast du ja sicher in dem Buch gelesen.«

»Äh, ja, aber ich hab nicht geglaubt, daß das so einfach ist.«

Sie beugte sich überraschend herüber und legte mir die Hand auf mein Geschlechtsteil, das in der Hose vor sich hin döste. Es zog sich unter der Berührung zusammen.

»Was fühlst du?«

»Wärme.«

»Spürst du eine Energie fließen?«

Wärme fließt von warmen Körpern nach kälteren, dachte ich, aber ich sagte: »Ja, klar.«

»Du mußt lernen, deine Kundalinikraft nach oben steigen zu lassen.«

Ich nickte. Sie nahm ihre Hand wieder weg. Offenbar war es nur eine Demonstration gewesen. Gerade als ich aufatmen wollte, ließ sie ihren Kopf in meinen Schoß sinken. Mir wurde klar, daß sie die halbe Flasche in sehr kurzer Zeit geleert hatte. Ich war noch beim zweiten Glas, aber nur, weil mir der Wein nicht schmeckte.

Eine Viertelstunde später schlief ich zum zweitenmal mit einer Frau, auf die ich keine Lust hatte. Vielleicht war an diesem Tantra doch was dran? Bei ihr schien es jedenfalls recht gut zu funktionieren.

Diesmal war sie nicht erstaunt, als ich meine Sachen zusammenpackte, um zu gehen.

»Du bist kein Kuscheltyp«, sagte sie lächelnd.

»Nein«, gab ich zu, »ich mag Sex, aber danach brauche ich das Gefühl von Einsamkeit, und das krieg ich jetzt auf der Straße.«

»Ein bißchen sentimental«, sagte sie, »aber das macht nix. Ich glaube, du könntest ganz lieb sein, wenn du wolltest.«

Ich ging zu Fuß zurück zu Wodareks Wohnung, mir war nach einem längeren Spaziergang zumute. Diesmal war das Bumsen nicht so übel gewesen wie beim ersten Mal, vielleicht, weil ich weniger betrunken oder weil die Präliminarien diesmal ein bißchen humaner gewesen waren als letzte Nacht.

Die Vorderreifen waren ausgewechselt, Wodarek hatte wohl einstweilen bezahlt. Ich fuhr nachdenklich nach Hause.

5

Am nächsten Morgen weckte mich das beharrliche Klingeln des Telefons. Es war Wanda.

»Der Fall Wiebek ist erledigt«, sagte sie, »ich wollte es dir gestern abend schon sagen, hab dich aber nirgends erreicht.«

»Und – war's wenigstens diesmal die Gruppe Ludwig?«

Sie lachte. »Er hat am Nachmittag von der Gruppe Ludwig auf die Marsmenschen als Gegner umgeschaltet, das Kind eines Nachbarn als Geisel genommen und ist dann nach Steinhof gebracht worden. Wir können den Akt ablegen. Für mich war's immerhin eine Lehre, daß ein totaler Paranoiker gar nicht so leicht zu erkennen ist.«

»Wundert dich das, jetzt, 1984, wo wir eh alle dauernd verfolgt und überwacht werden?« Meine Morgenwitze sind die schwächsten – dabei sind meine sonstigen auch nicht so besonders. Ich schlug ihr vor, sich mal zur Abwechslung ein bißchen ins Büro zu setzen, und sie konnte das nicht gut ablehnen nach dem ständigen Außendienst der letzten Tage. Sie fragte mich, ob und wann ich vorbeikommen würde, und ich äußerte mich sehr vage. Dann erzählte ich ihr von der telefonischen Drohung und der Attacke auf mein Auto.

»Das sind ja schöne Würstel, ein wehrloses Auto piesacken«, kommentierte Wanda. »Hoffentlich kommen sie mal ins Büro, dann geht's rund.«

»Dann hoffe ich, daß sie heute kommen, wenn ich nicht da bin«, sagte ich, der Wahrheit die Ehre gebend. Mut ist ein Mangel an Einbildungskraft, das gehört zu meinen frühesten Überzeugungen.

Ich schlief noch eine Runde, der Alkoholkonsum der letzten Tage schien mich doch etwas mitgenommen zu haben, dann frühstückte ich ausgiebig und bekam – vielleicht durch den Vitaminstoß des Orangensafts – einen Anfall von Arbeitswut: Ich überlegte ernsthaft, nach Kleinkotzkirchen hinauszufahren, um mit dem Kunsttischler zu plaudern. Der Anfall ging so weit, daß ich anrief, um festzustellen, ob überhaupt jemand dort wäre.

»Anständig.« Die Stimme klang schroff. Aus irgendeinem Mutwillen einiger Synapsen des Zentralcomputers in meiner morgenweichen Birne heraus sagte ich: »Hier bei Nagy. Hören Sie, die verdammte Streckbank funktioniert nicht. Können Sie da was unternehmen?«

Der Tischler polterte los. »So ein Quatsch! Diese beiden Weiber können nicht einmal die einfachsten Sachen bedienen! Das ist doch dasselbe wie beim letzten Mal, da war's auch nur diese Kuh, die alles vermasselt hat!« Er holte Luft. »Wenn ich jetzt nach Wien fahre und mir das Zeug ansehe, dann stellt sich heraus, daß man falschherum gedreht hat oder sonst irgendso ein Blödsinn! Haben Sie sich's selber mal angesehen?«

Da ich sein offenbar unbegrenztes Vertrauen in das Verständnis des männlichen Geistes für die Mechanik in keiner Weise teilte, behauptete ich: »Ja, ich hab's mir angesehen, aber es funktioniert wirklich nicht.«

»Wer ist denn da?«

»Moholy«, sagte ich. Es war der einzige ungarische Name, der mir einfiel, und vielleicht waren Ungarn im Dunstkreis der Madame Nagy.

»Kenn ich nicht.« Er klang jetzt mißtrauisch. »Von wo aus rufen Sie denn an?«

»Ich bin hier an einer Tankstelle am Stadtrand. Hab was zu erledigen. Ich hätte Sie schon vorher anrufen sollen, aber ich hab's vergessen.«

Er wurde jetzt ziemlich wortkarg. Ich fragte mich, ob ich da eine sehr schlaue Geschichte erfunden hatte. Andererseits, was wollte ich eigentlich von diesem Hersteller von Spezialmöbeln für Huren? Ich klopfte auf den Busch, jetzt, wo es eh schon gleich war: »Übrigens – einen schönen Gruß von der Kathi.«

»Welcher Kathi?«

»Na, der Kathi. Sie wissen doch.«

»Ich muß auflegen, da kommt ein Kunde. Ich meld mich wieder, wegen der Bank.«

Das war's. Ich legte eine Platte auf und nahm mir das Buch des Tantrikas Govi vor.

Die Lektüre überraschte mich. Ich hatte mir etwas Esoterisch-Mystisches erwartet, feinsinnig, langstielig und blödsinnig, aber der Bursche konnte schreiben, und sein Thema war auch nicht übel, mußte ich bald zugeben.

Tantra war keine Religion, sondern ein Bündel von Ritualen und Kulthandlungen, die den Ausübenden zur Erkenntnis führen sollten. Es wurde von Hindus, Buddhisten und Dschainisten betrieben und kam nach Ansicht des Autors auch für Interessierte mit anderem religiösen Hintergrund in Frage. Tantra hat eine Auffassung von der Zeit, die ungefähr besagt, daß wir die Vergangenheit ständig produzieren, statt daß sie objektiv existiert. Wir bringen sie durch unser Bewußtsein hervor, sie ist keine Eigenschaft der Welt. Das erinnerte mich ein bißchen an mein Schulwissen über Kant, aber ich las es mehrmals, ohne viel mehr zu verstehen, als daß der Autor behauptete, daß diese Vorstellung der Zeit der modernen Physik wesentlich näherstünde als die Vorstellung des naiven Realismus, daß die Gegenwart sich als ein Punkt von der Vergangenheit in die Zukunft bewege.

Verständlicher als diese Ausführungen und deshalb auch interessanter schien mir der Weg zur Erkenntnis, den der Tantrismus vorschlägt, nämlich das Auf-die-Spitze-Treiben der Sinnenlust und des Vergnügens, und eine totale Ablehnung aller Arten von Askese. Insbesondere gefiel mir das Bild des tantrischen Heiligen: er scheint zu spinnen vor Lust, rollt seine weingeröteten Augen, sitzt inmitten von Kunstwerken auf einem Seidendivan, frißt knusprige Schweinshaxen, greift an der Klampfe und an seiner Begleiterin herum, macht Gedichte und Sex abwechselnd. Die geröteten Augen hätte ich schon gehabt, alles andere klang auch nicht übel, jedenfalls kein Vergleich zu den stinkenden Säulenheiligen, fanatischen Flagellanten und unappetitlichen Priestern meiner eigenen, freilich längst abgelegten Religion.

Die Sinne waren die Tore der Erkenntnis, und insbesondere die Sexualität das Hauptinstrument der tantrischen Arbeit. Das Universum dieser Lehre war entsprechend sexualisiert: die Welt wurde von einer großen Vulva hervorgebracht, ihre Existenz verdankte sich der schöpferischen Lust der göttlichen Mutter Kali. Diese Göttin schuf sich zur Steigerung ihrer Lust das männliche Prinzip. Deshalb sind Mann und Frau eines im Tantra.

Das Chakrapuja fand ich auch: das war eine Orgie, die – wie alles im Tantrismus – nach Ritualen verlief, es gab einen Zeremonienmeister, der die einzelnen Akte arrangierte.

Hübsche Mythen. Ich machte mir ein Täßchen Tee und strich zwei Marmeladenbrote. Nichtstun macht hungrig.

Aus einer Laune heraus rief ich Marius' Hotel in Jesolo an. Er war dort, weil es regnete, und man verband mich mit seinem Zimmer. Gewissen Hintergrundgeräuschen nach zu schließen war er mit der Frau zusammen.

»Kannst du sprechen?«

»Nicht gut.«

»Kann sie mich hören?«

»Nein.«

»Was wirst du tun?«

»Ich bin noch unschlüssig.«

Ich sagte ihm nochmals, er solle sie über seinen Job aufklären und fügte dann an, ich hätte eine Aufgabe für ihn: im nahegelegenen Venedig fände demnächst eine tantrische Orgie statt. Er solle irgendwie versuchen, den Ort herauszufinden. Er meinte, das sei doch wohl eine gänzlich unmögliche Sache und fragte, wie ich mir das vorstelle. Ich sagte, es sei schließlich sein Beruf, solche Probleme zu lösen. Ich gab ihm alle Informationen, die ich hatte – viele waren es nicht –, und er sagte halbherzig, er werde sich um die Sache kümmern. Ich wußte, daß er andere Sorgen hatte, aber ich versprach mir ohnehin nichts von ihm in der Angelegenheit Chakrapuja in Venedig. Immerhin wollte ich alle Eventualitäten berücksichtigen.

Dann wandte ich mich wieder meiner Lektüre zu.

Sympathisch fand ich an Tantra, daß es tolerant war, es verbot nichts, ganz im Gegenteil, es forderte einen auf, seine Grenzen so weit wie möglich hinauszuschieben.

Ich sah mir die Bilder an, hauptsächlich Diagramme, die Yantras hießen und die Entstehung der Welt aus der Entfaltung des ursprünglichen Prinzips darstellten, aber auch bunte indische Miniaturen, die alle fickende Paare in teilweise bizarren Stellungen zeigten. Ich holte mir einen herunter, ohne Ritual, aber mit theoretischer Rückendeckung.

Dann las ich weiter, bis es Zeit zum Mittagessen war. Ich beschloß, Wanda zu erzählen, daß im Tantra die Frauen nicht nur theoretisch als Epiphanien der obersten Gottheit betrachtet werden, sondern auch praktisch ein Tantrika sich eine Frau als Lehrmeisterin wählt. Übrigens hatte zumindest dieser Govi nichts gegen Homosexualität – obwohl er nirgends auf die Frage einging, wie sich das mit dem theoretischen Hintergrund der Einheit von Mann und Frau etc. vertrug.

Gegen zwölf beendete ich meine Lektüre und überlegte, wo ich essen gehen sollte, denn mir war nach einem guten Restaurant zumute.

Das Problem erledigte sich, als ich nach meinem Wagen sah: diesmal hatte er vier platte Reifen. Ich erstattete Anzeige gegen Unbekannt und ließ den Wagen in eine Werkstatt bringen.

In dem Buch hatte ich über die Toleranz, Unaufdringlichkeit und Freundlichkeit der Tantriker gelesen. Ich rief Claudia an.

»Dieser tantrische Zirkel, bei dem du bist, was sind das eigentlich für Leute?«

»Wie meinst du das?«

»Na, jüngere, ältere, Arbeiter, Beamte?«

»Ein ziemlich gemischtes Publikum, mehr Frauen als Männer, hauptsächlich Studentinnen und Studenten, ein paar Hausfrauen, zwei Selbständige. Warum?«

»Könnte ich da mal hinkommen? Vielleicht trete ich bei.«

»Gut, gern. Du hast sogar einen sehr günstigen Zeitpunkt erwischt, wir treffen uns nämlich heute abend.«

Ich aß im Beisel um die Ecke, las in einem Café die Zeitungen – der Besser-Mörder leugnete – und rief dann Wanda an, was sich im Büro so tue, ob die Tantrikas schon dagewesen seien und sie auf komplizierte Art geschändet hätten. Wanda erging sich in Beschreibungen, was sie mit den Burschen anfangen würde und berichtete dann, daß zwei neue Kunden aufgetaucht seien, beides Routineangelegenheiten, und daß sie ein paar Berichte geschrieben hätte. Wenn ich am nächsten Tag das Büro machte, würde sie den beiden neuen Sachen nachgehen. Ich war einverstanden, las meine Zeitungen fertig und ging dann nach Hause, wo ich den Nachmittag mit einer zweiten Lektüre des Buches verbrachte, da ich einigermaßen informiert sein wollte, wenn ich heute abend was gefragt würde.

Ich wurde nicht. Um es kurz zu machen: es war eine Sache, die mehr mit Volkshochschule als mit Chakrapuja zu tun hatte (dabei hatte ich extra noch geduscht!), wir saßen im Kreis um eine Type, die offenbar schon länger Tantra machte als die anderen (das war seine einzige Qualifikation, soweit ich sehen konnte), und man redete über die Erfolge durch das Wahrnehmungsritual, eine Hausfrau sprach lange und inspiriert über ihre Brüste, und ein dünner junger Bursche sagte immer »Penis«, wenn er seinen Schwanz meinte, was mir auch eher medizinisch als tantrisch vorkam. Ich machte im Laufe des Abends eine Bemerkung, daß ich mir das eigentlich alles anders vorgestellt hatte, und bekam eifrige Antworten, ja, natürlich, da sei schon was dran, aber sie seien eben alle mehr oder minder Novizen, den tantrischen Zirkel in Wien gäbe es erst seit kurzer Zeit. Im Hinterkopf schienen sie alle die Vorstellung zu haben, daß ihre blassen Vorträge schon noch zu einem ordentlichen Chakrapuja führen würden. Eine einzige sichere Erkenntnis nahm ich mit: von denen sah keiner so aus, als ob er meine Reifen aufschlitzen würde. Als Claudia mich nach Hause fuhr, fragte ich sie beiläufig, ob sie eine Tantrika kenne, die Katharina heiße.

»Natürlich«, sagte sie, »die Tochter vom alten Künzl!«

Mir blieb das Maul offenstehen, aber sie bemerkte es nicht.

»Die war eine der ersten hier, die was mit Tantra gemacht haben, sie soll in einem englischen Internat damit in Kontakt gekommen sein, die hatte echt was los, stand weit über dem Niveau unseres Zirkels hier. Sie soll auch gleich den Govi getroffen haben, als er herkam, aber jetzt hab ich nichts mehr von ihr gehört. Warum fragst du nach ihr? Kennst du sie?«

Claudia hatte mich in den zwei Tagen unserer Bekanntschaft nicht nach meinem Beruf gefragt. Sollte ich ihr reinen Wein einschenken? Die Wahrscheinlichkeit, daß sie mit dem Reifenschlitzen irgendetwas zu tun hatte, war gleich Null. Hingegen war gut möglich, daß sie mir etwas erzählen konnte, wenn sie wußte, worum es ging. Andererseits bestand die Möglichkeit, daß sie auf meinen Beruf so reagierte wie die meisten Leute, nämlich einen Bogen um mich machte.

Aber Tantra kennt keine Vorurteile! Ich erzählte ihr alles haarklein.

Ihre Reaktion überraschte mich, sie war hellauf begeistert, einen richtigen Detektiv kennengelernt zu haben, und interessierte sich lebhaft für den Fall Künzl. Leider wußte sie nicht mehr, als sie vorhin erzählt hatte. Sie hatte Katharina Künzl nur einmal getroffen, bei einem Vortrag eines Tantrikas aus Berlin, und war von ihrer Ausstrahlung beeindruckt gewesen. Der Berliner offenbar auch, jedenfalls hatte sie mit ihm während seines ganzen Aufenthaltes »Übungen« gemacht. Von Claudias Szene verschwunden war sie aber völlig, seit Govi in Wien war. Wo man Govi finden konnte, wußte nach Claudias Ansicht niemand in ihrem Kreis. Sie hatte ihn auch nie gesehen.

Sie vertrat vehement die Meinung, keiner der Leute aus dem Zirkel käme für die Reifenschlitzaktionen in Frage, und überhaupt niemand, der Tantra betreibe. »Du scheinst dir vorzustellen, daß da Thugs mit Würgeschlingen im Hintergrund lauern oder sonst irgendwas – dieser Govi hat in Cambridge Physik studiert, weißt du das? Das muß irgend etwas ganz anderes sein, vielleicht sogar ein anderer Fall?«

»Und der Anruf? Der bezog sich ausdrücklich auf die Künzl!«

Wir fuhren zu ihr statt zu mir, und ich schlief zum dritten Mal mit ihr. Diesmal machte es mir schon beinahe Spaß. Beim Ritual durfte ich ihr immer noch nicht zusehen, aber inzwischen wußte ich aus dem Buch, worum es ging: man stimulierte sich selbst und summte dazu Mantras, also bestimmte Lautfolgen, auf die man sich damit konditionierte. Ich spielte mit dem Gedanken, auch mit dem Zeug anzufangen. Mit achtzehn hatte ich es mal mit Zen-Meditation versucht, und später mit Autogenem Training, aber das alles war mir zu mühsam geworden. Aber sich zweimal täglich ein bißchen zu stimulieren, das kam dem, was ich ohnehin tat, recht nahe.

6

Mein erster Besucher im Büro am nächsten Morgen trug einen Steireranzug, einen feinen, aus teurem Loden; seine Schuhe sahen maßgeschneidert aus, und seine Aktentasche war aus bestem Straußenleder; all das konnte nicht verhindern, daß ihn ein undefinierbarer Hauch von Unseriosität umgab. Es war etwas Winziges, Nichtfaßbares in seinen Augen oder in seinen Zügen, das mir zur Vorsicht riet.

Er sprach in einer Weise, die nach Rhetorik-Seminar und Manager-Schulung klang und sagte mir, sein Auftrag sei es, mir etwas zu überbringen, das ich sicher nützlich fände. Er nahm es aus seiner Aktentasche und reichte es mir über den Tisch, es war ein dickes Kuvert, das ein hübsches Bündel kleiner, gebrauchter Geldscheine enthielt.

»Es sind fünfundsiebzigtausend Schilling«, sagte er. »Mein Mandant ist bereit, Ihnen nochmals dieselbe Summe zu zahlen, wenn Sie Ihre Finger vom Fall Künzl lassen.«

»Sonst werden sie mir ja gebrochen«, erwiderte ich.

»Ich verstehe nicht.«

»Hat man mir nicht versprochen, meine Finger abzuknicken, wenn ich sie nicht aus der Sache herausnehme?«

»Ich weiß nicht. Wenn es aber so war, dann kam diese Botschaft sicher nicht von meinem Mandanten.«

»Und wer ist Ihr Mandant?«

Er lächelte, als müsse er einen Scherz über schlechten Geruch machen.

»Welches Interesse haben Sie an diesem Fall?«

»Das wollte ich eben Sie fragen.«

»Nun«, sagte er, »Ihr Interesse ist doch ein rein finanzielles. Das Angebot meines Mandanten ist sicher höher als Honorar und Spesen für die Sache zusammengenommen. Was spricht also dagegen, den Fall aufzugeben und dem Auftraggeber zu empfehlen, sich an eine andere Detektei zu wenden?«

»Der müssen Sie dann auch wieder ein Quastl bringen.«

Ein Quastl oder Knödl ist im Wiener Rotwelsch ein Geldpaket. Ich konnte sehen, daß mein Gesprächspartner den Ausdruck nicht kannte. Aber er verstand den Sinn.

»Vielleicht, vielleicht nicht. Das können Sie ruhig die Sorge meines Mandanten sein lassen.«

Ich betrachtete seine Krawatte.

Nach einer Pause meinte er: »Wenn Ihnen das Angebot zu niedrig ist, bin ich zu Verhandlungen ermächtigt.«

»Es ist mir zu niedrig. Ich will das Geld und eine brauchbare Information darüber, warum es mir angeboten wird.«

Er seufzte. »Der Fall liegt anders, als Sie denken«, sagte er, »das ist alles, was ich Ihnen sagen kann.«

»Der Fall kann nicht anders liegen, als ich denke«, erwiderte ich, »denn ich denke mir nichts. Es fehlt mir an brauchbaren Details. Ich soll eine Frau suchen und weiß nicht, warum, und ich soll sie nicht suchen und weiß auch nicht, warum.«

»Dann nehmen Sie doch einfach das höhere Angebot. In absehbarer Zeit kriegen Sie die zweite Rate überwiesen.«

»Meine Arbeitsmoral verträgt das nicht.«

Er lächelte. Es machte zum Hineinhauen Lust.

Ich hatte das Geld wieder vor ihn hingelegt.

»Nehmen Sie Ihr Kuvert und gehen Sie«, sagte ich, »wenn Sie mir weiter nichts zu sagen haben.«

Er stand auf, steckte das Geld ein und sagte: »Sie sollten es sich überlegen.«

»Kann ich Sie anrufen?«

»Ich werde Sie anrufen. Sagen wir: morgen abend.«

Ich schwieg. Er betrachtete mich, als wolle er noch etwas sagen, aber dann überlegte er es sich und ging.

Ich dachte nach. Der Fall fing an, mir auf die Nerven zu gehen. Erst hatte ich ein Mädchen suchen sollen, das bei einer Sekte untergetaucht war, ein Dutzendfall, na und? Und jetzt tanzten Leute an, die ganz sicher nicht zu der Sekte gehörten, und boten mir Dinge an, die in keinem Verhältnis zur Sache standen.

Die zwei Männer standen so schnell im Zimmer, daß ich völlig überrascht war. Der eine sah aus wie ein Praterstrizzi, den man für eine Schlägerei anheuern konnte, der andere machte den Eindruck professioneller Gewalttätigkeit. Sie fackelten nicht lange. Während ich immer noch verblüfft dasaß und sie anstarrte, drehte der eine den Türschlüssel um und der andere packte schneller, als ich reagieren konnte, meine linke Hand. Im nächsten Augenblick fuhr mir der Schmerz den Arm hoch.

»Du kannst net hörn, wos man dia sogt, du Wapler«, sagte der Mann, »deshoib miassn mia dia jetzt a bissel wehtuan.« Es war die Stimme vom Telefon, ich erkannte sie trotz des roten Schleiers, der sich über meine ganze Wahrnehmung legte.

»Schau noch, ob der Kniarer a Krachn hot.« Der Befehl galt dem zweiten Mann, der mich schnell abtastete und meine Schreibtischschublade öffnete, aber da war auch keine Pistole.

»Nix da, Chef«, sagte der Praterschläger.

Der Druck auf meinen kleinen Finger ließ ein wenig nach, wahrscheinlich, damit ich zuhören konnte, was er mir zu sagen hatte.

»Du bist gwarnt worn, aber du wülst net hörn, du Weh. Ich werd dir jetzt den klanen Finger brechen, und du solltst dran denken, daß es nur a Kostprob is, daß du noh neun andre host und i dia die a brechn konn.«

Der Schmerz nahm so zu, daß ich fast das Bewußtsein verlor, ließ aber dann wieder nach. Es klopfte gegen die Tür, und Wanda rief:

»Adrian, was ist los? Warum ist abgesperrt?«

»Wer ist das?« zischte mir mein Folterer zu.

»Meine Mitarbeiterin«, stöhnte ich zurück.

»Laß des Ban eina«, entschied der Mann. Der Pratertyp drehte den Schlüssel herum, wobei er neben der Tür stand.

Wanda kam herein und sah mit einem Blick, daß etwas faul war. Es war allerdings nicht schwer zu erkennen, denn der Bursche hatte immer noch meine Hand gefaßt, was aber sicher nicht nach Händchenhalten aussah.

Sie reagierte auf eine Weise, die ich nicht erwartet hatte, nämlich mit deutlicher Angst.

»Wa-as sind das für zwei Herren?« sagte sie mit zittriger Stimme zu mir und machte zwei kleine aufgeregte Schritte. Das genügte, daß sich der Praterstrizzi minimal entspannte, und das wiederum genügte Wanda – sie trat ihm in die Eier, daß man glaubte, das Schambein krachen zu hören.

Mein Mann ließ meine Hand los und griff in sein Jackett, aber ich hatte genügend Adrenalin in den Adern, um aufzuspringen und ihm eine rechte Gerade zu verpassen, die ihn gut traf. Er knallte mit dem Kopf an die Wand. Wanda schlug ihm in den Magen, und ich trat zweimal zu, während er an der Wand herunterrutschte. Dann hatten wir uns wieder unter Kontrolle. Der Pratertyp wälzte sich noch immer am Boden und hatte blutigen Schaum vor dem Mund, weil er sich die Lippen zerbiß. Er hatte sich in Embryonalstellung zusammengerollt und ächzte und winselte. Mit ihm würde einige Zeit nicht zu rechnen sein.

»Sollen wir die Bullen rufen?« sagte Wanda.

»Nein. Wir machen das Büro dicht und nehmen uns die beiden selber vor«, sagte ich. »Ich will endlich wissen, was hier gespielt wird. Ich häng das Schild raus. Kannst du ihn ein bißchen fixieren?«

Ich brachte an unserer Außentüre ein Schild an, das behauptete, das Büro sei heute geschlossen, und sperrte sorgfältig ab. Wanda fesselte mit einem Elektrokabel den Bewußtlosen an den Heizkörper.

»Und was machen wir mit dem da?« Sie wies auf den Embryo.

»Sobald er sich entrollt, fesseln wir ihn auch. Oder du trittst ihm nochmals in die Eier.«

»Lust hätt ich schon, aber ich muß auch an seine Freundin denken, die wird lange nichts von ihm haben.«

Ich durchsuchte den anderen. Er hatte eine Luger in der Innentasche seines Jacketts, und sein Paß wies ihn als einen in Wien lebenden Kärntner aus. Wir schütteten ihm Wasser ins Gesicht und ohrfeigten ihn ein bißchen. Er kam zu sich und starrte uns an, erst trüb, dann klarer.

»Ihr derfts mi net fesseln«, waren seine ersten Worte.

Ich bedauerte insgeheim, daß ich zu weich war, ihm dafür gleich eins in die Fresse zu geben, und sagte: »Keine Diskussionen über Recht und Unrecht. Eure Gröscherlhackn is' g'fallen. Ich will wissen, wer euch zwei Arschlöcher geschickt hat.«

»Bindets mi los, ich sog euch nix. Ihr gehts in Oasch, wann ihr mi net augenblicklich loslaßts!«

»Soll ich ihm eine reinhauen?« sagte Wanda.

»Wir könnten ihm die Finger brechen«, meinte ich nachdenklich. Ich sah, daß er meine Bemerkung ernstnahm, und es freute mich. Außerdem konnte ihm Wanda vielleicht wirklich die Finger brechen.

»Soll ich?« fragte Wanda.

»Ich weiß was Besseres«, sagte ich, »wo ist der Tauchsieder?«

»Willst du jetzt Tee machen?«

»Nein, nein. Wir zeigen dem Burli den Brasilianischen Arschfick, der wird ihm gefallen.«

Der Mann geriet ins Schwitzen, sagte aber nichts.

»Was meinst du?«

»Oh, wir stecken ihm den Tauchsieder in den Arsch und grillen seinen Enddarm. Es wird nicht gut riechen, aber ich bin sicher, daß er uns erzählt, was er weiß, bevor er auch nur medium durch ist.«

»Des könnts ihr net mochn«, sagte der Mann mit sehr gepreßter Stimme.

»Wenn der Strom ausfällt, nicht«, sagte ich. Ich nahm den Tauchsieder aus der Schublade. »Aber sonst wird's jetzt warm in deinem Mannerstüberl.«

»Das ist keine gute Idee«, sagte Wanda, »mit dem Gerät können wir nie wieder Tee machen.«

»Er kauft uns ein neues, er hat sicher ein bißchen Geld bei sich.«

Ich machte seinen Gürtel auf und merkte, daß seine Transpiration kräftig zunahm.

»Des könnts ihr doch net mochn«, wiederholte er, wohl um sich selbst zu beruhigen.

Ich antwortete nicht, sondern zog seine Hosen herunter. Sein Geschlechtsteil war, der Situation angemessen, bemüht, sich in den Körper zurückzuziehen.

»So ein kleines Zumpferl bei so einem großen Lakkel«, bemerkte Wanda boshaft.

»Vaseline oder Butter oder sowas«, kommandierte ich, und prompt zog Wanda Creme aus ihrer Handtasche. Ich fettete den Tauchsieder ein und versuchte, ihn dem Mann reinzustecken. Es ging nicht.

»Das geht nicht«, sagte Wanda.

»Es muß gehen. Noch nie was vom Fistfuck gehört? Die lichte Weite von der Spirale ist geringer als der Durchmesser einer Kinderfaust. Der Kerl kneift den Arsch zu, das ist es, aber ich bring ihn schon auf.«

Der Pseudoembryo hatte seine Lage nicht verändert, aber er stöhnte jetzt nicht mehr, sondern sah uns mit großen Augen zu. Er war ziemlich grün im Gesicht.

Ich drückte den Tauchsieder kraftvoll in den Anus des Kärntners. Als er drin war, begann der Mann zu weinen. Es war ein stilles, krampfhaftes Weinen wie bei einem Kind. Ich konnte meine Überraschung kaum verbergen. Auch Wanda sah ziemlich verblüfft aus.

»Die Penetration des Penetrators«, sagte sie, um ihre Gefühle zu überspielen.

»Jungchen«, gab ich mich hart, »du kannst es dir noch überlegen. Wenn ich jetzt einschalte, wird das Ding dann ziemlich schnell warm.«

Er leistete keinen Widerstand. Er nannte mir einen Namen, der in der Wiener Unterwelt einen »guten« Klang hatte, einen der großen Bosse der Galerie, die das Stoßspiel und die Prostitution kontrolliert.

»Der hat dich hergeschickt?« Ich war erstaunt.

Er blieb dabei. Seinem Bericht nach war er ein Mietschläger, eine Kategorie besser als sein Begleiter, der nur ganz miese Aufträge bekam, und ihre Order lautete, mir einen Finger zu brechen und mir mehr Schmerzen zu versprechen, falls mich das nicht überzeugte. Er wußte nicht, warum er das hätte tun sollen, und es war ihm auch ganz gleichgültig. Sein Auftraggeber hatte ihm sicher auch keine hundertfünfzigtausend Schilling angeboten.

Ich zog ihm den Tauchsieder heraus und band ihn los. Wanda hatte seine Luger in der Hand, zeigte aber damit auf niemanden. Die beiden machten keinen gefährlichen Eindruck mehr.

»Nimm deinen Trabanten mit und hau ab«, sagte ich, »und laß deinen Boss grüßen.«

Der andere tat so, als ob er nicht aufstehen könnte, aber es ging dann doch, wenn auch ein bißchen verkrümmt. Der Kärntner, der zu weinen aufgehört hatte, streckte die Hand aus, aber ich sagte: »Die Knarre ist beschlagnahmt.«

»Ihr seids zwa perverse Drecksäu«, sagte der Kärntner, seinen Partner stützend, »zwa perverse Drecksäu, ihr ghörtets vergast.«

Mit diesem frommen Wunsch wankten die zwei hinaus. Wanda stand schnell auf, folgte ihnen, und ich hörte großes Gepolter und Schreie auf der Treppe.

Sie kam wieder rein und sagte auf meinen fragenden Blick: »Ich hab ihm in den Arsch getreten, der muß mich nicht eine perverse Drecksau nennen, dieser Wichser. Sie sind ein bißchen über die Treppe gefallen, aber das tut ihnen nur gut.« Sie setzte sich auf den Schreibtisch und nahm mit spitzen Fingern den Tauchsieder und wickelte ihn in Papier ein, bevor sie ihn in den Abfallkübel warf.

»Sag mal ehrlich – hättest du ihn wirklich eingeschaltet?«

»Nein, natürlich nicht. Ich habe schon sehr gehofft, daß er es nicht darauf ankommen lassen würde, und ich hatte ja auch recht. Aber daß er zu plärren angefangen hat!«

»Naja, der Arsch ist eben doch ein psychisches

Zentrum. Ich meine, die meisten Leute haben dort eine ziemliche Libidobesetzung. Jedenfalls war er offenbar noch nie im Häfn, sonst wär er doch keine Jungfrau mehr da hinten. Wo hast du eigentlich die Idee her?«

»Aus dem Amnesty-Bericht über die Folter. Ich les so Zeug zur beruflichen Weiterbildung.«

Es war eine Lüge. Ich hatte mir die Sache selbst ausgedacht, aber ich hatte auch keine Lust, als perverses Schwein dazustehen.

»Glaubst du, sie kommen wieder?«

Ich zuckte die Achseln. »Solange wir nicht wissen, was hinter dem ganzen verdammten Fall steckt, ist es gut möglich. Jedenfalls war die Sektengeschichte wohl ein Unsinn, die Künzl hat mit der Wiener Unterwelt zu tun, nicht mit irgendeinem Guru. Ich werde mich einmal mit diesem Moosbrugger unterhalten müssen.«

Ich rief ihn an und vereinbarte ein Treffen mit ihm. Dann ließen wir's für diesen Tag, denn zu Büroarbeit hatte keiner mehr Lust.

7

Aus einer Laune heraus fuhr ich zum Heurigen. Dort gehe ich selten hin, weil der einzige Heurige, den ich mag, weit draußen ist und oft im Diagonalenschnittpunkt eines Planquadrats der Bullen. Aber nach den Geschehnissen am Nachmittag im Büro war mir nach kühlem Wein im Schatten von Bäumen zumute und nach unkomplizierter Unterhaltung.

Das konnte ich dort vorzufinden erwarten.

Es waren nicht viele Leute da; fast alles Paare, einige mit Kindern, die im Hintergrund des großen Gartens zwischen den Bäumen mit einem kleinen Hund spielten; ich setzte mich an einen der langen rohen Holztische, an dem nur ein Mann und eine Frau saßen, nachdem ich mir vom Büfett einen Liter Roten und ein Grammelbrot geholt hatte.

Das erste Viertel goß ich schnell hinunter, weil ich betrunken werden wollte. Der Mann und die Frau unterhielten sich über eine dritte Person. Ein Kind, ein kleines Mädchen, kam hergelaufen, der Mann hob es auf und setzte es neben sich auf die Bank. Dann ging er neuen Wein holen.

Die Frau streifte mich mit einem flüchtigen Blick, weil ich sie ansah. Dann sprach sie mit dem Kind.

Ich dachte über die Angelegenheit Künzl nach. Warum schickten mir Wiener Unterweltler Schläger auf den Hals? Wie paßte der Inder ins Bild, und wie sollte ich ihn oder die Künzl finden? Zum erstenmal hatte ich das deutliche Gefühl, im falschen Gewerbe tätig zu sein.

Die Frau war aufgestanden und in den Hintergrund des Gartens zu den spielenden Kindern gegangen. Das kleine Mädchen saß da und starrte mich an. Ich sah hin und weg und wieder hin, weil es mich aus so großen Augen so ernst betrachtete. Schließlich hatte ich das Gefühl, ich müßte was sagen, weil es sonst komisch würde, wenn wir uns nur anstarrten.

Ich zeigte auf den Hund, mit dem die Frau jetzt sprach, und sagte: »Ist das dein Hund?«

Das Kind schüttelte heftig den Kopf und quäkte etwas, von dem ich nur verstand, daß es »nein« bedeuten sollte. Dann zog es seine Beine an und rutschte auf der Bank herum.

Ich wünschte, seine Mutter käme zurück und redete mit ihm, denn es starrte mich weiter unverwandt an, und mir fiel nichts mehr ein, was ich noch hätte sagen können. Es war ein ziemlich kleines Kind, und ich hatte keinen Schimmer, wieviel es schon verstand und reden konnte.

Dann fiel mir doch noch was ein: »Möchtest du so einen Hund?«

Es schüttelte erneut die Locken und quäkte wieder ein »Nein«. Ich gab's auf, schaute weg. Schaute wieder hin. Es wetzte auf seinem Platz herum und besah mich aufmerksam. Gottlob kam endlich seine Mutter zurück. Als erstes nahm sie das kleine Mädchen und setzte es auf den Boden.

Ich kapierte, daß es schon die ganze Zeit von der Bank heruntergewollt hatte, nur hatte ich das nicht verstanden. Ich kam mir blöd vor. Ein feiner Detektiv, der nicht mal erkennen kann, daß ein Kind noch zu klein ist, um selbst irgendwo runterzusteigen!

Der banale Vorfall deprimierte mich. Ich trank mehr Wein. Es wurde allmählich dunkel. Ich dachte an meinen letzten Besuch am selben Ort. Da war eine Gruppe Behinderter dagewesen, und als ich als einer der letzten Besucher ging, sah ich, wie ein Rollstuhlfahrer stockbesoffen erst in eine Wand fuhr und dann aus dem Rollstuhl kippte. Ich war davon irgendwie unangenehm berührt gewesen, als sei ein Betrunkener in einem Rollstuhl etwas anderes als ein Betrunkener ohne Rollstuhl, oder als dürfe man an Behinderte besondere Anforderungen bezüglich ihres Verhaltens stellen. Ich wußte, daß es eine Idiotie von mir war, aber das nützte nichts.

Ein Gentleman setzte sich an unseren Tisch. Das Wort beschreibt seine Erscheinung am präzisesten; er war offensichtlich kein Wiener Weinbeißer, und seine Kleidung zeigte eine unaufdringliche Eleganz, die doch unübersehbar war. Dazu graumeliertes Haar und ein gutgeschnittenes Gesicht. Seine Stimme beim knappen, aber freundlichen Gruß klang sonor.

Ich ging mir einen zweiten Liter holen.

So lächerlich der Anlaß war, dachte ich weiter über das Kind nach. Wieder einmal war ich darauf gestoßen worden, daß ich zwar alles mögliche recht gut verstehen und deuten konnte, aber ganz primitive menschliche Reaktionen und Ausdrucksformen sich mir entzogen.

Dank dem Alkohol fühlte ich außerdem eine kräftige sentimentale Anwandlung in mir hochsteigen, in der sich ein Gefühl von Dankbarkeit gegenüber Wanda, eine Scham wegen meiner mangelnden Humanität und eine Lust, mich mit allen zu verbrüdern, mischten.

Ich hob mein Glas und prostete dem Gentleman zu.

Er nickte freundlich und trank auch. Er nahm kräftige Züge von seinem Wein.

Es war mittlerweile ziemlich dunkel. Die Windlichter flackerten. An einem schönen Sommerabend war die Stimmung in diesem Heurigen wirklich nicht übel, es lag nicht nur an meiner Alkoholisierung, wenn ich eine fast schmerzhafte Schönheit in der Situation entdeckte.

Ich riß mich ein bißchen zusammen und versuchte, an die Angelegenheit Künzl zu denken. Morgen war ich mit Moosbrugger verabredet. Was sollte ich tun, wenn er nähere Aufklärungen über die Umstände verweigerte, um die ich ihn fragen wollte? Den Fall zurücklegen? Ich hatte große Lust dazu.

Der Gentleman hatte etwas gesagt, aber ich ihn nicht verstanden. »Bitte?« fragte ich.

»Wollten Sie mich nicht etwas fragen?« sagte er fast akzentfrei.

»Nein«, sagte ich, »wieso? Ich habe gar nichts gesagt.«

»Ich bin Govi«, sagte er, »Vishnuvardhana Govi. Ich dachte, Sie suchen mich?«

Ich brauchte eine Weile zu meiner Antwort. »Ja«, brachte ich schließlich heraus, »allerdings.«

Er sah mich mit freundlicher Spannung an. »Und warum?« sagte er schließlich.

»Ich möchte gerne wissen, wo ich das Fräulein Katharina Künzl finde.«

»Und warum möchten Sie das wissen?«

»Es ist mein Job.«

Er nahm einen langen Schluck aus seinem Glas und füllte dann nach.

»Ich stehe Fräulein Künzl sehr nahe«, sagte er nach einer Pause. »Um genau zu sein: Katharina ist jemand, von dessen Gaben ich sehr viel profitiere.« Wieder eine Pause. »Haben Sie mein Buch gelesen?« fügte er dann an.

Ich nickte.

»Dann wissen Sie ja, daß wir sehr viel von Frauen lernen können. Ich bin zwar ein Meister, aber Katharina hat sozusagen von Natur aus Fähigkeiten und Eigenschaften, mit denen sie mir sehr geholfen hat. Sie werden verstehen, daß jemand, der für mich so wichtig ist, nicht Objekt einer Unterhaltung mit einem Detektiv sein kann, wenn nicht zwingende Gründe vorliegen.«

»Ilcute nachmittag waren Leute bei mir, die mir die Finger brechen sollten«, sagte ich grantig, »mir sind diese Gründe zwingend genug.«

»Was für Leute?«

»Das frage ich Sie. Was hat die Künzl mit der Wiener Unterwelt zu tun?«

Er sah mich scharf an. Ein bißchen erinnerte er mich an die Bilder, die ich von Nehru gesehen hatte, aber er sah irgendwie härter aus, aktiver. Ich konnte mir nicht verhehlen, daß er beeindruckend war.

Es gab eine kleine Unterbrechung, weil das Ehepaar mit dem kleinen Mädchen ging.

»Katharina arbeitet als Prostituierte«, sagte Govi.

»Als Prostituierte!« entfuhr es mir. Ich leerte mein Glas.

Er sah mich ruhig an. »Ja, als Prostituierte. Es macht ihr großen Spaß. Sie ist als Domina tätig, und sie kann ihren Kunden sehr viel geben. Ich meine damit nicht gerade Tantra – damit Sie mich nicht mißverstehen –, aber einfach als Sexualpartnerin. Sie ist ein wirkliches Naturtalent.«

»Wo stehen Sie in dieser ganzen Sache?«

»Der Tantrismus hat nichts gegen Prostitution, im Gegenteil, Prostituierte sind beliebte Partnerinnen für die Meister. Das müßten Sie ja aus meinem Buch wissen.«

»Ich weiß es. Ich wußte nur nicht, daß die Künzl...«

Die Schärfe in seinem Blick nahm zu. Ich fühlte mich nicht besonders wohl in seiner Gesellschaft.

»Es war Katharinas freie Entscheidung, als Prostituierte zu arbeiten«, sagte Govi, »ich erwähne das nur Ihretwegen, weil ich vermute, Sie sehen mich da irgendwie involviert...«

»Und für wen arbeitet die Künzl?«

Er schien überrascht.

»Hat sie einen Zuhälter?«

Er schüttelte den Kopf. Meine Frage schien ihn sehr zu überraschen. »Nein. Sie ist selbständig, hat aber ein Abkommen mit dem Syndikat.«

Ich nannte ihm den Namen des Bosses, der die Schläger zu mir geschickt hatte.

Govi nickte. »Ja, das ist ein Name aus dem Syndikat. Die finanzieren die Ausstattung, diese Kammern undsoweiter. Aber Katharina hat mit ihnen einen Vertrag.«

»Ich glaube nicht so ganz, daß eine Frau allein gegen das Syndikat stehen kann«, sagte ich.

»Fragen Sie mich doch einfach, ob ich ihr Zuhälter bin«, sagte Govi.

»Sind Sie Ihr Zuhälter?«

»Für Ihre Begriffe und Kategorien bin ich vielleicht etwas Ähnliches«, sagte Govi, »aber Ihre Begriffe und

Kategorien sind nichts wert. Obwohl Sie mein Buch gelesen haben, ist Ihr Blick der, den *Indiana Jones und der Tempel des Todes* auf Indien hat.«

»Sie sind kein Zuhälter, sondern ein Meister«, spottete ich.

Govi betrachtete mich auf eine Art, die mir nicht gefiel. Sie erinnerte mich irgendwie an das, was ich vorhin selbst über mich gedacht hatte: daß ich der falsche Mann am falschen Platz war.

»Die weite Welt: ein Staubkorn im Raum. Die ganze Weisheit der Menschen: Worte. Die Völker, die Tiere und die Blumen der sieben Länder: Schatten. Das Ergebnis lebenslanger Meditation: nichts«, sagte er dann.

»Ist das von Ihnen?«

»Nein. Von Omar Chajjam.«

»Warum zitieren Sie Araber? Das ist mir schon in Ihrem Buch aufgefallen, daß Sie alle Welt zitieren, nur keine Inder.«

»Weil es ein Buch für Leute wie Sie ist, die glauben, Indien sei ein armseliges Dreckloch, in dem die Leute auf der Straße krepieren, weil sie ihre heiligen Kühe nicht essen wollen, ein Land voll armseliger, stinkender, abergläubischer Idioten.«

»Krepieren die Leute nicht auf der Straße?«

»Doch. Aber das ist nicht alles, was es zu sagen gibt.«

»Für die Betroffenen vielleicht schon.«

Sein Blick machte mir zu schaffen. Ich wußte, daß

ich nicht recht hatte, obwohl ich nicht wußte, warum eigentlich nicht.

»Schweigen wir über Indien«, sagte er, »wir müßten zuviel über England, Kolonialismus und Dritte Welt reden. Ich werde Ihnen noch einen Satz sagen, der auch nicht aus Indien kommt, aber viel über das Tantra sagt: *Die Straße der Ausschweifung führt zum Palast der Weisheit.*«

»Blake«, sagte ich. Ich wußte es aus seinem Buch.

»Das ist ein wichtiger Satz«, erwiderte er, »merken Sie ihn sich gut.«

Wir tranken beide.

»Ich hole noch Wein«, sagte ich.

Er widersprach nicht. Ich ging, schon recht unsicher, um den Wein. Eigentlich hatte ich angenommen, er sei nicht mehr da, wenn ich zurückkäme, aber so war es nicht.

»Sind Sie betrunken?« erkundigte ich mich.

»Nicht sonderlich. Warum?«

»Wissen Sie«, sagte ich mit allmählich schwerer Zunge, »ich gehöre irgendwie zur 68er Generation, wenn ich auch weder in Woodstock noch in Paris gewesen bin. Deshalb möchte ich Ihnen sagen: Sie haben wirklich irgendwie gute Vibrationen, hol's der Teufel.« Ich starrte ihn an, ob mein Kompliment Wirkung zeigte. Es war nichts zu sehen.

»Vorhin hielten Sie mich für einen indischen Zuhälter.«

»Ich hätt Sie nicht mal als Inder erkannt, wenn Sie sich nicht vorgestellt hätten.«

Wir tranken schweigend. Dieser Mann gefiel mir.

»Wie sind Sie hierhergekommen?« fiel mir nach einer Weile ein.

»Ich bin Ihnen von Ihrem Büro aus gefolgt«, sagte er, »ich wollte sicher sein, daß Sie allein sind.«

»Dann sind Sie also mit einem Auto hier?«

Er lächelte. »Nein, ich kam mit einem Taxi, wie ein Filmdetektiv: ›Folgen Sie diesem Wagen!‹ sagte ich dem Fahrer.«

»Gut«, sagte ich, »gut. Verdächtiger verfolgt Detektiv. Sehr gut. Ich wünschte, ich könnte lachen.«

»Ich ein Verdächtiger. Was für ein Verdacht?«

»Ich weiß auch nicht mehr. Die Reifenschlitzer waren ja wohl auch die Typen von dem Syndikat. Aber was steckt denn nun hinter der ganzen Sache?«

»Warum suchen Sie denn Katharina?«

»Weil ich dazu einen Auftrag habe.«

»Von wem?«

»Von ihrem Vater, nehme ich an. Eigentlich von seinem Sekretär, aber der ist wohl nur ein Strohmann.«

»Interessant«, sagte der Inder, »sehr interessant.« Aber er sagte nicht, warum.

»Wo ist Katharina?«

»Hab ich Ihnen schon gesagt.«

»Nicht, daß ich mich erinnern könnte.«

Er lächelte wieder. »Ich brauch noch ein Schmalzbrot«, sagte ich, »soll ich Ihnen auch eins bringen?«

Er schüttelte den Kopf. Ich torkelte hinüber zum Büffet und holte mir ein Brot. Als ich zurückkam, saß niemand mehr am Tisch. Ich sah mich sorgfältig um, ob ich auch am richtigen Tisch sei, aber der Inder war verschwunden.

Irgendwie bin ich dann heimgefahren, aber da gähnt ein amnesisches Loch. Den Bullen kann ich jedenfalls nicht begegnet sein, denn meinen Führerschein habe ich noch.

8

Ich lag im Bett und fühlte mich zwar nicht schlecht, aber doch auch nicht so ganz ok. Mein Kopf schien sehr groß und fast völlig leer zu sein. Er tat nicht weh, machte aber auch keinen funktionsfähigen Eindruck. Traumfasern reichten noch herüber in den Tag; ich sah den Inder und Moosbrugger steptanzen, sie schwenkten ihre Kreissägen und grinsten mich an. Close-up von Govi. Er sagte mir die Adresse der Künzl, aber ich verstand ihn nicht richtig und suchte sie vergeblich im zweiten Bezirk, wo ich orthodoxe Juden mit Pelzhüten befragte. Ein Rabbi erklärte mir, ich verwechselte Chassiden mit Tantrikas. Dann wachte ich wieder auf und schwor mir, mit dem Alkohol aufzuhören, aber diesen Schwur hatte ich schon einige hundertmal vergeblich geleistet.

Allmählich wurde ich doch klarer, erhob mich ächzend und rief Wanda an, um ihr zu sagen, ich käme heute nicht ins Büro. Sie berichtete, ein Neonazi sei dagewesen, der Demonstranten bestellen wollte. Wir vermittelten manchmal aus dem Reservoir unserer Gelegenheitshilfskräfte Leute, die für einen Hunderter bei Demonstrationen mithatschten. Wanda hatte abgelehnt, weil ihr der Kerl zu machistisch vorgekommen war.

Außerdem hatte Marius angerufen. Er hatte eine Lösung für sein Problem gefunden: er hatte tatsächlich der Frau erzählt, daß er als Detektiv auf sie angesetzt worden war. Zumindest nach seiner Darstellung hatte die Frau das besonders geil gefunden. Sie hielt es wohl für ein prächtiges Kompliment, den Detektiv herumgekriegt zu haben, so etwa, als hätte sie einen Priester oder Mönch verführt. Und Marius' ›Lösung‹: er würde einen Bericht schreiben, in dem er das untadelige Verhalten der Frau bestätigte. Wanda hielt das für eine brauchbare Idee, mir paßte es nicht so recht, aus Resten von Moral: Es konnte für eine Detektei nicht gut sein, wenn wir so plumpe Schwindel hinlegten. Einmal mochte das ja angehen, aber ich wollte keine Präzedenzfälle. Andererseits war Marius nicht mein Angestellter und konnte tun und lassen, was er wollte. Sonst gab es nichts Neues, Wanda würde das Büro besetzt halten, und ich konnte meinen Kater durchstehen.

Ich legte mich wieder hin, schloß die Augen und ließ die Bilder an mir vorbeiziehen, insbesondere versuchte ich, mir das Gespräch mit dem distinguierten Inder genau ins Gedächtnis zu rufen: Wieso hatte er gesagt, er habe mir die Adresse verraten? Ein Scherz? Mit welcher Pointe? Oder hatte er wirklich irgendwie etwas angedeutet?

Vermutlich waren die Alkoholreste im Blut schuld daran, daß mir nach einer Weile eine Schnapsidee kam. Diesen Satz von dem Engländer, den er da zitiert hatte, den wußte ich noch, weil er gut klang: *Die Straße der Ausschweifung führt zum Palast der Weisheit.* Das war so ziemlich der einzige Hinweis auf einen Ort, an den ich mich erinnern konnte.

Ich rief nochmals Wanda an und ließ mir die Nummer von Marius' Hotel geben, dann telefonierte ich nach Italien. Marius war im Hotel. Rammelten die den ganzen Tag?

»Hör zu, ich habe etwas für dich zu tun.«

»Ich kann doch jetzt keinen anderen Fall übernehmen, Adrian.«

»Es ist was ganz Einfaches. Wenn du's machst, reden wir nicht mehr über die andere Geschichte. Daß sie mir nicht paßt, brauche ich ja nicht extra zu sagen, nehme ich an. Aber ich brauch jetzt eine Information.«

»Ich höre.«

»Kennst du dich in Venedig aus?«

»Ja, den Markusplatz find ich.«

»Weißt du, ob es in Venedig Hurenstraßen gibt?«

»Nee, die schwimmen doch alle in den Kanälen.«

»Wir erheben uns von den Plätzen – wegen des ehrwürdigen Alters dieses faden Scherzes«, sagte ich. »Ich weiß, daß du Mitglied bei der Sparflamme bist, aber verschon mich jetzt mit Humor –«

»He, Adrian, bist du besoffen oder verkatert?«

Ich überhörte das. »Geh zu einem Portier in Venedig und laß dir sagen, wo man Huren findet. Es können nicht viele Gegenden sein, ich schätze, irgendwo hinter dem Bahnhof oder so. Eventuell auch noch in Mestre. Es müssen aber Hurengassen sein, keine Bordelle oder sowas. Die Betonung liegt auf ›Straße‹, klar? Wenn du die hast, ich hoffe, es sind nur vier oder fünf, siehst du sie dir an.«

»Die Huren?«

»Die Gassen, Idiot. Schau dir an, ob eine von ihnen zu einem Palast führt, zu einem Palazzo, kapiert?«

Eine Pause. »Ist das alles?«

»Ja.«

»Klingt ja merkwürdig.«

»Ist es auch. Es ist eine Art Rätsel. Kennst du den Spruch *Die Straße der Ausschweifung führt zum Palast der Weisheit*?«

»Nie gehört. Klingt aber gut, ich werd's in Zukunft zitieren vor dem Bumsen. Ist das der Grund, warum ich den Ort suchen soll?«

»Ja. Ich hab's dir gesagt, damit du eine Vorstellung davon hast, was der richtige Platz sein könnte.«

Er hatte die Frechheit zu sagen, es sei offenbar höchste Zeit, daß er zurückkäme, wenn ich schon so weit hinüber sei, daß ich Rebusse als Fälle übernähme. Ich verkniff mir eine direkte Antwort und sagte, die Sache sei eilig.

»Was sollte denn dort sein, in dem Palast?«

»Eine Orgie.«

»Mann, können wir da nicht hingehen? Karla redet von nichts anderem.« Karla war die ›überwachte‹ Frau.

»Nein«, sagte ich, »verpatz nichts. Falls du zufällig einem Inder begegnest, der wie Nehru aussieht, nimm ihn zur Kenntnis und sei sicher, daß du richtig liegst, dann brauchst du dir die anderen Adressen nicht mehr anzusehen.«

Ich legte mich wieder hin, bis mir plötzlich einfiel, daß ich Moosbrugger in einem Innenstadtlokal treffen sollte. Dahin konnte ich es gerade noch schaffen, wenn ich mich beeilte.

Das tat ich auch und kam fünf Minuten zu früh. Ich nahm ein Weizenbier, saß da und wartete. Moosbrugger kam nicht. Ich telefonierte vom Büfett aus mit Moosbruggers Büro. Eine Sekretärin sagte mir, er sei momentan nicht da und sie wisse nicht, wann er zurückkäme. Das nahm ich ihr nicht ab, aber es war nichts zu machen, sie blieb dabei, von nichts zu wissen. Außerdem hätte sie seinen Terminkalender vor sich, und ich käme da drin gar nicht vor.

Ich trank nachdenklich mein Bier aus. Da ich nun schon einmal unterwegs war, fuhr ich ins Büro.

»Du siehst nicht gut aus«, sagte Wanda. »Bist ziemlich weiß im Gesicht, armer Adrian.«

»Hast du Lust zu einem kleinen Ausflug?«

»Allemal.«

»Dann fährst du raus nach Kleinkotzkirchen und erzählst diesem Tischler mit dem merkwürdigen Namen Anständig, daß du eine Nutte bist und eine Folterkammer einrichten möchtest.«

Sie bekam runde Augen vor Vergnügen. »Und wozu?«

»Ich weiß es nicht so genau. Versuch halt irgendwie, etwas über die Künzl herauszubekommen. Ich hatte am Telefon den Eindruck, er kenne sie und er werde sehr kurz angebunden, wenn man auf sie zu sprechen kommt. Also vorsichtig, nicht zu direkt.«

»Seh ich aus wie eine Nutte?« Lesbische Koketterie, du meine Güte!

»Aber natürlich«, sagte ich, »außer du setzt dir einen roten Reizpariser mit Stacheln auf, dann hält man dich für das Rotkäppchen.«

Sie ging. Ich holte einen Ambler aus der Schublade und begann zu lesen. Nach drei Seiten hörte ich wieder auf, weil ich bemerkte, daß ich nichts verstanden, sondern die ganze Zeit an anderes gedacht hatte.

Ich schloß das Büro kurzfristig ab und ging hinüber ins Café ›Schwamm‹ auf einen kleinen Schwarzen. Auch an diesem Vormittag hockten schon welche über den Schachbrettern. Ich blätterte in der Zeitung: Man hatte einen Diplomaten im Supermarkt beim Klauen erwischt, der Finanzminister sollte Steuern hinterzogen haben, der amerikanische Präsident hatte sich für einen begrenzten Atomschlag und gegen Abtreibung ausgesprochen, in Afrika verhungerten 40 000 Menschen pro Tag, und in der Wachau gab's eine neue Winzerkönigin. Auf der letzten Seite waren ein nacktes

Mädchen, ein Pekinese mit Blazer und Sonnenbrille und die Fußspuren des Yeti abgebildet.

Ich ging zurück ins Büro.

Ein Mann wartete vor der Türe, der mir von hinten bekannt vorkam. Als er sich umdrehte, erkannte ich ihn. Er war im Innenministerium tätig, ich hatte mit ihm einmal im weiteren Zusammenhang mit einem Fall zu tun gehabt, und wir waren ganz gut miteinander ausgekommen. Aber besonders enge Bekannte waren wir doch nicht.

Wir setzten uns ins Büro. Er zupfte an seinem Menjoubärtchen herum, während er mir sagte, da sei eine unangenehme Sache, und es täte ihm leid, daß gerade er mir die mitteilen müsse. Man habe sich meine Lizenz angesehen, und es sähe so aus, als ob es bei dem Nachsichtsverfahren seinerzeit Unregelmäßigkeiten gegeben habe.

Ich lehnte mich zurück und wartete, was aus dieser Einleitung werden solle. Es kam nichts.

Er betrachtete mich mit deutlichem Unbehagen. Er sagte, man habe ja im Innenministerium keine Zweifel daran, daß wir ordentlich arbeiteten und daß uns nichts vorzuwerfen sei, aber andererseits sei es doch problematisch, wenn die ganze Basis für das Unternehmen auf zweifelhaften Füßen stehe.

Das Telefon läutete. Ich entschuldigte mich für die Unterbrechung, nahm den Hörer ab und führte ein kurzes Gespräch mit jemandem, der mir einen lukrativ klingenden Werkschutzauftrag anbot. Ich vereinbarte einen Termin und wandte mich wieder meinem Besucher zu, der dasaß und an seiner Unterlippe nagte.

»Tja – und was soll ich nun tun?«

»Ich soll Ihnen ein Gentlemen's Agreement vorschlagen.«

»In wessen Namen?«

»Sagen wir – in meinem eigenen. Ich bin nicht in offizieller Funktion hier.«

Ich überlegte mir, was das heißen mochte, kam aber nicht darauf. »Schlagen Sie vor.«

»Sie bearbeiten da einen ziemlich banalen Fall. Legen Sie ihn ab, und der Akt mit Ihrer Lizenzangelegenheit verstaubt ebenfalls in einer Ablage.«

Ich beugte mich unwillkürlich vor. »Und um welchen Fall geht es da?«

»Das wissen Sie so gut wie ich«, sagte er.

»Nehmen wir an, ich ließe es. Ich täte das, obwohl ich einen Auftraggeber habe und es also nicht tun sollte, wenn ich dem Ruf des Büros nicht schaden will. Das wär alles drin. Aber als Privatmann möchte ich doch gerne wissen, warum man mir Geld anbietet, warum man mich physisch attackiert, warum sogar das Innenministerium Druck auszuüben versucht – nur als Privatmann? Könnte mir nicht ein kleines Vögelchen des Rätsels Lösung ins Ohr singen, damit ich wieder ruhig schlafen kann? Wenn meine Diskretion außer

Zweifel stünde? Wenn ich's nur einfach wissen möchte, damit ich mir nicht so dämlich vorkomme?«

Er zuckte die Achseln und strich über seinen Schnurrbart. »Es tut mir leid, aber ich habe keine Kompetenz dazu.«

»Aber Sie kennen das ganze Bild, das das Puzzle ergibt?«

»Nein, ich glaube nicht. Ich weiß weder von Geld noch von – wie Sie es genannt haben – ›physischen Attacken‹.«

»Aber Sie wissen, warum Sie mir die Drohung wegen der Lizenz überbringen sollen.«

Er zuckte erneut die Achseln und schwieg.

»Kann ich mir das mal überlegen?«

»Naja«, sagte er. »Da ist noch was, das Ihnen vielleicht beim Überlegen hilft.«

»Was denn?«

»Haben Sie eine Stunde Zeit?«

Jetzt zuckte ich mit den Achseln. »Kommt drauf an.«

»Es hängt natürlich mit Ihrer Sache zusammen. Ein Gespräch.«

»Okay.«

Er sagte, er müsse anrufen. Ich gab ihm das Telefon, und er sagte ein paar Sätze in der Art, es sei gelaufen, man könne sich einigen, ja, in fünfzehn Minuten.

Dann fuhr er mich nach Schönbrunn, zum Hietzinger Eingang des Zoos.

»Gehen Sie zum Nilpferdbecken.«

»Sie kommen nicht? Was ist das überhaupt – ein Hitchcockfilm?«

Er lächelte. »Gehen Sie nur, Sie werden schon sehen.«

Wer mochte mich am Nilpferdbecken erwarten? Claudia? Ich mußte ob meines eigenen Zynismus grinsen.

Es war natürlich nicht Claudia. Es war eine ältere Dame mit einem Hut, bedeckt mit dekadent schillernden künstlichen Teerosen. Ich war mir sicher, die Frau noch nie gesehen zu haben. Sie starrte in das leere Becken. Es waren weder Wasser noch Flußpferde drin. Unter diesen Umständen kam mir der Ort ein bißchen auffällig für ein diskretes Treffen vor.

»Gnä'Frau«, sagte ich, »womit kann ich Ihnen dienen?«

»Haben Sie Futter?«

»Futter?« Ein Code?

»Belästigen Sie mich nicht, Sie ekelhafter Schnösel!«

Da sah ich den Mann auf der anderen Seite des Beckens, der eben in das Haus hineinging. Den kannte ich aus der Zeitung, er war von der Galerie.

Ich nickte der Dame freundlich zu und ging ebenfalls in das Flußpferdhaus. Drinnen waren auch die Tiere, dem Geruch und der Bewegung der Wasseroberfläche nach zu schließen. Ein Nilpferd tauchte prustend aus dem Wasser auf und sah uns aus seinen winzigen Schweinsäuglein ausdruckslos an.

»Wo haben Sie heute Ihre Fingerbrecher? Ich hab den Tauchsieder mit«, sagte ich munter.

»Es war ein Irrtum«, sagte der Syndikatler, der wie Lino Ventura aussah, kühl. »Wir hätten Ihnen die Leute nicht schicken sollen. Ein Mißgriff, für den wir uns entschuldigen. Die Sache ist erledigt. Wenn Sie möchten, sind wir sogar zu einer finanziellen Entschädigung bereit.«

»Hundertfünfzigtausend Schilling?« sagte ich.

Er hob überrascht und ironisch die Augenbrauen. »Nein, das ist nicht ganz die Preislage, an die wir gedacht haben.«

»Aber das haben Sie doch schon einmal angeboten.«

»Ich glaube, Sie irren sich. Aber wie dem auch sei, ich möchte nicht diskutieren. Was ich Ihnen zu sagen habe: die Angelegenheit ist erledigt. Sie brauchen von uns nichts zu erwarten oder zu befürchten, Sie haben mein Wort darauf.«

Das Flußpferd riß seinen Rachen auf und zeigte gelbe Hauer. Mittlerweile waren zwei andere aufgetaucht, eins davon ein Junges.

»Gut«, sagte ich gedehnt, um etwas Zeit zum Nachdenken zu gewinnen.

»Dann ist ja alles in Ordnung«, sagte der Mann, »in diesem Falle also: Guten Tag.«

Er ging federnd weg. Wie Lino Ventura, ich sagte es schon. Ein Bilderbuchgangster.

Das Flußpferdjunge richtete sich an der Beckenwand

auf und ließ sich dann hintenüber ins Wasser plumpsen. Sein Bauch war rosa wie bei einem Schwein.

Das eine alte Nilpferd war untergetaucht, das andere hatte sein Maul wieder geschlossen und lag ganz ruhig im Wasser.

»He du«, sagte ich, »kennst du dich aus?«

Es tauchte ebenfalls.

Ich fuhr mit der Straßenbahn zurück zum Büro. Ich hörte das Telefon schon im Stiegenhaus, aber es läutete noch, als ich endlich abnahm. Es war Wanda. Der Tischler war verreist, mit unbekanntem Aufenthalt.

Ich versuchte nochmals, Moosbrugger anzurufen. Wenn er nicht da war, hatte sich alles in Luft aufgelöst: die Künzl, der Inder, der Auftraggeber, die Fingerbrecher, der Mann mit den hundertfünfzigtausend (hätte ich Idiot sie nur genommen!), der Fall.

Moosbrugger war nicht da.

9

An den nächsten zwei Tagen beschäftigte ich mich nicht mit der Angelegenheit Künzl. Ich wollte abwarten, ob Moosbrugger nochmals anrufen würde – vielleicht hatten sich ja all die Gentlemen mit ihren Agreements auch an ihn gewandt, vorausgesetzt, sie wußten, wer mein Auftraggeber war, und die Sache war insgesamt abgewürgt. Außerdem wußte ich eigentlich nichts, von meiner schwachen Vermutung mit Venedig einmal abgesehen.

Ich kümmerte mich um die Werkschutzangelegenheit und um einige Kleinigkeiten, für die ich hauptsächlich Wanda in der Gegend herumschickte. Abends ging ich ins Kino, man spielte wieder einmal *Chinatown* von Polanski, einen meiner Lieblingsdetektivfilme. Es gibt ein paar brutale Szenen, aber die brutalste von allen erscheint mir jedesmal wieder die, in der er, ohne mit der Wimper zu zucken, eine Seite aus dem Grundbuch herausreißt – das ist jene Coolness, die mir selbst – so fürchte ich – zum perfekten Schnüffler fehlt.

Nach dem Film schaute ich bei Wodareks vorbei. Wir tranken Budweiser, und ich erzählte den beiden, wie sich der Fall Künzl in Luft aufgelöst hatte. Wodarek war sehr amüsiert darüber.

»Der Inder war beeindruckend, sagst du? Ich hätte gerne mal so einen Tantrika kennengelernt.«

»Ja, ich fahre weißgott nicht auf Gurus oder sowas ab, aber der Bursche hatte wirklich eine Aura, möcht ich fast sagen. Bei der Orgie wär ich gern dabei.«

Die Folge dieser Bemerkung war eine hitzige Debatte über Orgien, von denen Susanne eine andere Vorstellung hatte als wir beiden Männer. Keiner von uns war je bei einer Orgie gewesen, die Wodareks hatten allerdings Erfahrungen mit Partnertausch, aber das war nichts Wichtiges.

Die Tauchsiedergeschichte hatte ich nur angedeutet, weil ich mich doch genierte, sie ausführlich zu erzählen, aber Wodarek kam auf sie zu sprechen, als Sue gegen eins zu Bett gegangen war.

»Hat es dir Spaß gemacht, den Kerl zu malträtieren?«

»Ja, klar, das geb ich schon zu.«

Er machte noch zwei Budweiser auf.

Ich sagte: »Aber es war mehr sadistisch – trotz der Homo-Komponente.«

»Ich versteh nicht.«

»Ich wollte ihn fertigmachen – an seinem Arsch lag mir nichts.« Ich erzählte ihm die Geschichte mit dem Kind, das von der Bank herunterwollte, was ich nicht erkannte. Der Zusammenhang war nur verschwommen, aber Wodarek schien ihn wahrzunehmen.

Dann erzählte ich von Claudia. Auf Grund des

Bierkonsums war ich dazu aufgelegt, sie anzurufen, und das tat ich dann auch, so gegen viertel nach zwei.

Sie war dementsprechend grantig. Ich laberte ein bißchen herum und tat so, als ob ich Lust gehabt hätte, mit ihr zu schlafen, und diese Lust so stark gewesen sei, daß ich unverzüglich hätte anrufen müssen. Sie schien doch ein wenig geschmeichelt, aber sie meinte, ich solle nicht vorbeikommen, sie müsse früh aufstehen.

Wir tranken weiter Bier und unterhielten uns über die alten Zeiten.

Am nächsten Morgen war ich verblüffend frisch – das kommt manchmal vor, wenn noch genügend Alkohol im Blut ist und die Fuselalkohole ihren ewigen Krieg gegen den Stoffwechsel gerade mal unterbrochen haben.

Ich verbrachte den Vormittag im Büro. Moosbrugger meldete sich nicht. Marius war nicht im Hotel. Der Neonazi kam nochmals wegen der Demonstration, ich gab ihm ein paar Adressen, damit er verschwände. Daraus machte ich mir kein Gewissen, denn wir hatten auch schon Linke auf ähnliche Art bedient. Manche von denen standen so weit links, daß sie schon wieder rechts um die Ecke kamen. Es waren alles dieselben Kotzbrocken, verklemmte Alpha-Männchen, die ihren Dominanzanspruch vor sich hertrugen wie eine Monstranz. Mittags aß ich im ›Schwamm‹ ein Fiakergulasch, das seinen Namen zu

Recht trug: dem Geschmack nach hatten sie es aus einem Fiaker gemacht.

Am Nachmittag rief Marius an und sagte mir, er hätte eine Liste von in Frage kommenden Orten: es seien bloß drei, auf die beide Bedingungen – Hurenstraße und Palazzo – zuträfen. Inder hatte er keinen gesehen. Ich sagte ihm, er solle warten, ich würde zurückrufen. Ein Telefonat mit dem Flughafen ergab, daß ich am nächsten Tag nach Venedig fliegen konnte. Ich buchte und rief dann Marius an, der mich am Busbahnhof in Venedig treffen sollte.

Als Wanda ins Büro kam, sagte ich ihr, daß ich zwei, drei Tage verreisen müsse.

»Wozu mußt du jetzt nach Venedig?«

»Ich weiß es selbst nicht recht. Es ärgert mich, daß mich alle für blöd zu verkaufen suchen, und ich will, glaube ich, dem Inder zeigen, daß ich seinen Hinweis verstanden habe und kein ganzer Trottel bin.«

»Und das ist die Reise wert?«

»Die Reise wird Moosbrugger zahlen, falls ich die Künzl finde.«

»Ich dachte, du erreichst ihn nicht?«

»Hab's nicht mehr probiert. Außerdem löst er sich ja nicht in Luft auf, nicht wahr? Schlimmstenfalls geh ich eben doch direkt zu seinem Auftraggeber.«

»Zu wem?«

»Zum alten Künzl. Wer sollte sonst Moosbrugger vorgeschickt haben?«

»Das weißt du aber nicht sicher!«

»Warum sollte Künzls Sekretär Künzls Tochter suchen?«

»Vielleicht ist er in sie verliebt?«

Ich lachte. »Du müßtest Moosbrugger mal sehen, dann kämst du nicht auf solche Ideen.«

Wanda lächelte nicht. »Ist dir schon mal aufgefallen, daß Moosbrugger die Kokosnuß als solche identifiziert hat?«

»Was?«

»Du hast mir erzählt, er habe dir das Buch als eines mit einer Kokosnuß auf dem Titel beschrieben. Und er hätte nichts über Govi, Tantra undsoweiter gewußt. Glaubst du, daß jemand die Seychellen-Kokosnuß auf einem Bild als ›Kokosnuß‹ erkennt, ohne daß man ihm sagt, daß es eine ist? Sie sieht schließlich nicht so aus.«

Ich kratzte mich am Kopf. »Und was soll ich daraus ableiten?«

»Daß Moosbrugger mehr weiß, als er dir erzählt hat.«

»Das ist eh klar. Schließlich weiß er, warum ich die Künzl suchen soll. Aber was du da sagst, klingt nicht uninteressant.« Ich zog an meiner Nase. »Andererseits, die Sache ist für mich irgendwie erledigt.«

»Abgesehen von der Venedigreise.«

»Ja – aber das ist was anderes.«

»Der Inder muß dich ja mächtig beeindruckt haben. Wirst du Tantriker?«

»Warum nicht?« sagte ich. »Irgendwas muß man ja glauben. Soll ich dir mal vom Wahrnehmungsritual erzählen?« Wanda setzte sich auf den Schreibtisch, und ich breitete aus, was ich über Tantra wußte.

»Klingt nicht übel«, sagte sie, »zumindest in deiner Fassung scheint es so eine Mischung aus Selbsterfahrung und Rudelbums zu sein, mit mystischer Sauce.«

»So kann man es auch sehen, aber das ist der westliche Blick auf die Sache –«

»Nun komm, fang nicht an, klugzuscheißen, nur weil du ein Buch darüber gelesen hast!«

Sie hatte recht. Warum wollte ich nach Venedig? Weil mich die Vorstellung einer rituellen Orgie in einem alten Palast erregte? Weil mich Govi so beeindruckt hatte, daß ich ihn wiedersehen wollte?

Ich schob das alles beiseite und tätschelte Wandas runde Schulter. »Jedenfalls wirst du zwei Tage das Büro übernehmen, das heißt, wenn du willst, könnten wir es vorübergehend sogar schließen, wenn wir den Werkschutzauftrag annehmen, sind wir sowieso für einige Zeit versorgt.«

»Werkschutz.« Sie rümpfte die Nase.

»Du bist nicht Modesty Blaise«, sagte ich, »hier ist nur Wien, und das da ist die WMA.«

»Wir motzen anfängerhaft«, sagte Wanda. »Wanda muß arbeiten. Warum Mitte August?«

»Genial«, erwiderte ich, »du hättest Dichterin werden sollen.«

»Man kann Poet sein, ohne ein Gedicht verfaßt zu haben«, sagte Wanda und weigerte sich dann zuzugeben, daß diese Weisheit nicht von ihr kam.

Ich verließ das Büro und schaute bei Claudia vorbei. Sie hatte sich gerade die Haare gewaschen und sah mit am Schädel klebenden Haaren noch unattraktiver aus als sonst. Ich sagte ihr, daß ich ein paar Tage wegführe, nach Venedig.

»Nach Venedig?« Sie schien erstaunt.

»Ja, ein bißchen Urlaub. Ich hab Venedig immer schon gemocht, es ist eine so weibliche Stadt, im Gegensatz zum männlichen Florenz –«

»Komm, laß den Unsinn. Fährst du wegen Govi nach Venedig?« Sie schien deswegen verstimmt zu sein.

»Nein, wieso denn? Ach ja, dieses Chakrapuja muß ja jetzt irgendwann sein, nicht wahr? Daran habe ich gar nicht gedacht. Hast du was zu trinken?«

Sie brachte eine angebrochene Flasche Whisky, und ich goß mir einen Doppelten ein. Während sie sich ihre Haare fönte, sprachen wir nichts, aber ich knetete ein wenig an ihrem Oberschenkel herum. Da sie in keiner Weise darauf reagierte, ließ ich es wieder. Irgendwie schien die Sache vorüber zu sein.

»Warum fährst du hinter Govi her?« sagte sie hartnäckig.

»Ich fahr nicht hinter Govi her, ich mach Urlaub!«

»In der Hochsaison, im heißen August? Weißt du,

wieviel Touristen jetzt in Venedig sind? Du kannst das Pflaster am Markusplatz vor Leuten nicht sehen.«

»Ich werde im ›Florian‹ sitzen, eine Schokolade trinken und an dich denken.«

Für meine Verhältnisse war diese galante Lüge eine ziemliche Überwindung. Aber das wurde nicht honoriert. Claudia goß sich auch keinen Whisky ein und gab sich keine Mühe, ihre schlechte Laune zu verbergen.

Ich ging frontal ran. »Du bist ziemlich verärgert, nicht?«

Jetzt sah sie wirklich wütend aus. »Du rufst mich betrunken um zwei Uhr nachts an, du kommst nur zum Bumsen, du interessierst dich in Wirklichkeit nicht im geringsten für mich, du greifst meinen Schenkel an, als ob er ein Stück Holz wäre, und jetzt sitzt du blöde da und füllst dich schon wieder ab, und zu allem Überfluß überschlägst du dich, wenn du irgendwo eine Sexorgie vermutest, und dann wunderst du dich, daß ich dir nicht um den Hals falle.«

Ich stellte mein Glas hin. »Wenn du das so siehst, dann kann ich ja gehen.«

»Auf Wiedersehen, Herr Detektiv. Glaubst du, ich habe nicht mitgekriegt, daß du mich über die Künzl und den Govi ausholen wolltest und daß du dich einen Dreck für mich interessierst. Ich bin vielleicht blöd, aber so blöd nun auch wieder nicht.«

Ich hatte keine Lust, dem zu widersprechen. »Dieses Tantra scheint dich sehr zu sensibilisieren«, sagte ich ironisch.

»Komm, geh, sonst werfe ich dich hinaus.« Es klang müde und gereizt.

Ich ging. In eine Bar, einen Whisky trinken. Einen besseren als ihren.

Dann fuhr ich heim und legte die Stones auf: *Sympathy for the devil.*

10

Der Flughafen von Venedig ist nicht besonders beeindruckend. Nichts an ihm weist darauf hin, daß er in der Nähe einer der schönsten Städte der Welt liegt. Er ist klein und schäbig. Mit dem Bus war ich in einer guten Viertelstunde in der Stadt. Marius erwartete mich am Busbahnhof. Er war nicht allein, und ich begann zu verstehen, daß ihm diese Karla gefiel. Sie war weißgott eine attraktive Frau. Ich dachte an Claudia und an das Glück der Dummen.

Marius gab mir einen Zettel mit seinen drei ›Palästen der Weisheit‹. Ich sagte, er solle mir die Orte lieber auf dem Stadtplan ankreuzen. Wer in Venedig einmal etwas gesucht hat, das nicht gerade an den Trampelpfaden der Touristen liegt, weiß warum. Wir setzten uns in ein Café, und Marius suchte die Adressen auf dem Stadtplan. Es dauerte einige Zeit. Ich versuchte, Konversation mit Karla zu machen, aber es war da eine gewisse Befangenheit zwischen uns, wahrscheinlich hatte Marius ihr gesagt, daß es mir stank, einen Kunden einseifen zu müssen.

Dann trennten sich unsere Wege. Marius hatte für mich ein Hotelzimmer gebucht, aber da ich nur eine Tasche bei mir hatte, ging ich nicht hin, sondern zum ›Florian‹, in dem von Casanova über Goldoni bis zu

Was-weiß-ich-wer-noch-alles schon gesessen hat, und so gehe ich eben auch jedesmal hin, wenn ich in Venedig bin. Falls der Campanile wieder einmal umfällt, sitzt man unter den Kolonnaden auch recht gut geschützt, nehme ich an.

Claudia hatte recht gehabt, es waren wirklich ungeheure Scharen unterwegs. Ich ließ mich von dem Strom mittreiben, der einem über die Rialtobrücke zum Markusplatz bringt, überquerte die Piazza San Marco voller Leute, die den Tauben das Futter in der Hand hinhalten, während ihre Kumpane mit der Kamera auf den Moment lauern, wo die Tauben zupicken – es muß Zehntausende solcher Fotos geben, mit Mörderwalen fänd ich's ja auch was Besonderes, aber mit Tauben?

Im ›Florian‹ fand ich ein kleines Tischchen und bestellte eine Flasche Soave. Als ich sie zur Hälfte geleert hatte, sah ich der Frage ins Auge, wozu ich eigentlich hergefahren war, und wie es wäre, wenn ich Marius' Adressen gar nicht abklappern, sondern einfach zwei schöne Tage in Venedig genießen würde, faul in der Sonne herumsitzend und in der Via Garibaldi Spaghetti alle vongole mit Merlot hinunterspülend. Vielleicht sogar ein Abstecher zur Biennale, zeitgenössische Kunst ist wie Grottenbahn, und Grottenbahn mochte ich schon als Kind.

Während mir dieser Gedanke in einem immer angenehmeren Licht zu strahlen begann, wälzten sich wie auf dem Bild *Die Alexanderschlacht* zwei Trosse von

Touristen an meinem Marmortischchen vorbei, darunter eine ganze Menge von Leuten, die ohne Absicht bizarrer aussahen als jeder Punk, der das gerne täte. Ich genoß das Schauspiel.

Dann kam Govi hinter einer der Säulen zum Vorschein, hatte mich schon ins Auge gefaßt, bevor ich ihn sah, und setzte ein freundliches Grinsen auf.

»Sieh an, der Detektiv«, sagte er. »Was suchen Sie? Mich oder den Palast der Weisheit?« Er schien sich sehr gut zu amüsieren.

»Ich suche Katharina Künzl.«

»Sie ist im Gritti.«

»Tatsächlich. Und warum sagen Sie mir das jetzt und haben es in Wien verschwiegen?«

»Weil ich dort noch nicht einmal wußte, wo sie abgestiegen ist, und weil ich nicht möchte, daß Sie im Palazzo erscheinen und uns bei einem Ritual auf die Nerven fallen, das ungestört verlaufen muß.«

Ich gab ihm Marius' Zettel. »Ist es eine dieser Adressen?«

Er warf einen Blick darauf und nickte. »Aber kommen Sie bitte wirklich nicht. Was wollen Sie denn dort?«

»Man hat nicht oft Gelegenheit, Zeuge einer tantrischen Orgie zu sein. Ich möchte mich weiterbilden.«

Er lächelte freundlich. »Ein Scherz, nehme ich an. Wenn Sie sich wirklich für Tantra interessieren, müssen Sie klein anfangen, wie bei allen Dingen. Sie können sich auch nicht in Wimbledon zum Match anmelden, weil Sie bisher Federball gespielt haben. Der erste Schritt ist der heimische Tennisclub, beziehungsweise in Ihrem Fall der Zirkel in Wien.«

»Aber Katharina kann auch noch nicht sehr lange dabei sein.«

»Sie ist eine Frau.«

»Klingt sexistisch. Wie die Lokale, wo Frauen keinen Eintritt zahlen.«

Er schüttelte den Kopf. »Das ist Unsinn, und Sie wissen es auch. Außerdem – Sie haben die Adresse jetzt, was wollen Sie denn noch?«

»Aufklärung über das, was eigentlich hinter der Sache steckt.«

»Kann ich Ihnen nicht geben.«

»Aber Sie wissen es?«

Er gab mir darauf keine Antwort, aber ich brauchte auch keine. Natürlich wußte er es.

»Ich leide an sexuellen Störungen«, sagte ich.

Er sah überrascht aus.

»Kann mir Tantra helfen?«

»Es ist keine Sexualtherapie«, sagte er zögernd. »Warum erzählen Sie mir das eigentlich?«

»Es fiel mir gerade so ein«, erwiderte ich, »um ehrlich zu sein« (eine Phrase, die ich oft gebrauche, wenn ich gerade eine Flasche Wein getrunken habe), »Sie sehen nicht so aus, als ob Sie jemals an sexuellen Störungen gelitten hätten. Wissen Sie, es klingt vielleicht komisch, aber Sie beeindrucken mich irgendwie, obwohl ich nicht weiß, wodurch. Vielleicht könnten Sie mir wirklich helfen.«

»Warum gehen Sie nicht zu einem Arzt?«

»Es ist eine grundsätzliche Störung, und einer meiner besten Freunde ist ein Psychoklempner, aber weder er noch ich glauben, daß er mir wirklich helfen kann. Ich soll ein borderline-Fall sein, falls Ihnen diese Terminologie etwas sagt. Ich sehe die Welt als eine Art Kulisse, und die Leute drin als Statisten in einem Spiel, in dem irgend etwas Regie führt – ich bin dieses ›irgend etwas‹ nicht, und ein ›Gott‹ ist es auch nicht. Die Männer sind überhaupt bloß Pappkameraden, aber die Frauen erreichen auch nur selten wenigstens Dreidimensionalität. Zu einem emotionalen Raum-Zeit-Kontinuum hat's überhaupt noch nie gelangt. Wenn jemand, der mir relativ nahesteht, wie Wanda, plötzlich verschwände, ich meine: stürbe, dann würde diese Rolle neu besetzt, aber ich glaube nicht einmal, daß ich sie neu besetzen würde.«

Es ist ein bekanntes Phänomen, daß man manchmal Wildfremden erzählt, was man sich und allen Vertrauten immer verschwiegen hat – ich glaube, Wanda wäre verwundert gewesen, daß ich sie als Beispiel für jemanden ›Nahestehenden‹ nahm –, aber ich überraschte mich doch selbst mit dieser Suada. An ihrer Entstehung hatten der Soave, die unwirkliche Atmosphäre des Markusplatzes und die riesigen schwarzen

Pupillen in den braunen Augen Govis alle ihren Anteil, und vielleicht darüber hinaus noch etwas, das ich nicht wahrnehmen konnte.

Govi betrachtete mich mit Interesse. »Haben Sie keine suizidalen Neigungen?«

Jetzt war es eh schon wurscht. »Täglich«, sagte ich, und korrigierte mich dann: »Eigentlich eher nächtlich. Kennen Sie die Geschichte von dem Priester, der sich erschoß, weil er es leid war, immer so lang an seiner Soutane herumknöpfeln zu müssen? An diese Story denke ich immer häufiger.«

»Aber Sie sprachen doch von sexuellen Problemen, nicht von diesem Weltschmerz für Erwachsene.«

»Früher konnte ich mich in den Sex flüchten, aber jetzt verliert er auch sehr an Glanz.«

Govi winkte einen Ober weg, der eine Bestellung von ihm aufnehmen wollte, und fragte: »Haben Sie ein wenig Zeit? Ich werde Ihnen etwas zeigen, das Sie interessieren wird.«

Ich hatte nichts weiter vor, also nickte ich.

»Kommen Sie mit mir.«

Ich zahlte. Wir gingen schweigend nebeneinander her. Sobald das möglich war, nahm Govi Seitenwege, die zu dieser Tageszeit völlig ausgestorben waren, von ein paar Katzen, die im Schatten herumschlichen, abgesehen. Offensichtlich ging es nun doch zu jenem Palazzo, von dessen Besuch abzusehen er mich vorher aufgefordert hatte.

Er war vielleicht noch ein bißchen verfallener als die meisten anderen Paläste von Venedig. Govi läutete an einer neu aussehenden Klingel, und nach einer Weile öffnete ein Mann die Türe, ein junger Italiener mit einem Blick wie polierter Stahl. Govi sprach in fließendem Italienisch mit ihm. Ich fragte mich, wie viele Sprachen er eigentlich beherrschte.

Im Innern des Palastes war es dunkel, angenehm kühl und roch ein wenig modrig, genau, wie ich es mir vorgestellt hatte. Govi führte mich in ein Zimmer, das nur unvollständig eingerichtet war, es gab ein paar Möbel mit verschossenem Samt. Aus der Wand ragten abgeschnittene Leitungen, am Boden lag ein ehemals schöner Teppich. Alles war ziemlich sauber. »Warten Sie hier. Es wird nicht lange dauern.«

Ich wartete. Es dauerte zumindest länger, als ich mir nach seiner Bemerkung vorgestellt hatte.

Gerade als ich das Zimmer verlassen wollte, kam eine Frau herein. Sie hatte langes, blauschwarzes Haar und trug einen Sari aus prächtiger Seide. Aber ich starrte ihr ins Gesicht, denn es war vollständig in grellen Farben bemalt, in einer bemerkenswerten Balance aus Kraft und Harmonie.

Sie trat unverzüglich auf mich zu und strich mir mit einer glatten feinen Hand von meinem Kinn über meine Brust bis zu meinem Geschlecht, das ich nicht spürte, von dem ich aber wußte, daß es sich vollkommen in seinem Nest aus Haaren verkrochen haben würde.

»Ah, ah, I don't know what to do«, stotterte ich, »I do not know the rites.«

»Do nothing, just relax, wait till you wanna do something and then do it.«

Mit dieser Stimme hätte sie im Showbusiness sofort ein Star werden können.

Sie massierte mein Gesicht, um die Augen herum. Ich ließ es geschehen, was sollte ich auch tun? Im übrigen war es sehr entspannend. Mir fiel auf, daß mir die Augen die ganze Zeit wehgetan hatten, ohne daß ich es bemerkt hatte. Ich sah in ihre Augen, sie waren braun wie die Govis, ebenso riesig ihre Pupillen. Nahmen die Leute Belladonna?

Sie knöpfte mein Hemd auf und stimulierte meine Brustwarzen. Ich berührte ihre Brüste, kam mir aber dabei so plump vor, daß ich meine Hand wieder sinken ließ. Von der Reizung meiner Brustwarzen hätte ich mir nichts versprochen, aber sie streichelte lange und gebrauchte einige kleine Tricks, als die Warzen erigiert waren, die ich zwar spürte, aber nicht ganz mitbekam.

Ich umfaßte ihre Hüften und streichelte ihren Hintern. Sie wickelte sich aus dem Sari.

»You are very beautiful«, sagte ich einfältig. Es war allerdings die Wahrheit.

Was sich in der nächsten Zeit tat, ähnelte meinen üblichen Abläufen beim ›Sex-Machen‹, und war doch völlig verschieden. Wenn ich es in derselben Terminologie sagen wollte, die ich vorhin gegenüber Govi gebraucht hatte, müßte ich sagen, daß diese Frau vom ersten Augenblick an Vierdimensionalität für sich beanspruchen konnte.

Übrigens roch sie äußerst beeindruckend.

Sie massierte mich, aber es erinnerte mich weder an den Masseur in Wien, den ich gelegentlich wegen meines Rheumas aufsuchte, noch an meinen Bangkok-Flug, der mehr als zehn Jahre zurücklag. Die Massage hatte zur Folge, daß ich in Körperpartien Gefühle spürte, die sich bis dahin noch nie gemeldet hatten.

»What's that – Rolfing?« fragte ich. Schließlich war von meinen Gesprächen mit Wodarek auch etwas hängen geblieben. Sie lächelte aber nur und massierte weiter. Ich hatte schon eine ganze Weile eine pralle Erektion, aber kein Penetrationsbedürfnis.

Sie setzte sich schließlich auf meinen Penis und – begann zu singen, oder, genauer, zu summen. Wenn darin ein ›Ommmm‹ vorkam, spürte ich die Vibrationen herüber, als sei mein Ständer eine Antenne. Mein Bewußtsein wurde immer mehr verengt (kann ich im nachhinein berichten). Ich fühlte mich plötzlich, als sei ich Zehntausende von Jahren alt. Ich saß mit einem großen assyrischen, sich nach unten verbreiternden Bart am Ufer eines Flusses und trieb es mit der Ewigen, Einzigen Frau. Wir waren das Paar, das die Menschheit hervorbrachte. Mann und Frau in der Heiligen Hochzeit. Ich war aktiv geworden, ohne es zu wollen oder auch nur zu merken.

Manchmal driftete ich zurück und bemerkte kleine Details wie beispielsweise das, daß meine Partnerin ihre Vagina kontrahieren und diese Bewegungen völlig beherrschen konnte, oder auch, daß sie ebenso kontrolliert war, wie ich losgerissen dahintrieb. Aber dann kamen wieder die archetypischen Bilder.

Alles wurde im Orgasmus weggeschwemmt. Er kam so, wie man es sich vorstellt, wenn man davon gelesen, aber nie einen gehabt hat.

Nichts war damit zu Ende. Ich spürte in Höhe meines Unterleibs eine Kraft, von der ich bis dahin nie etwas gewußt hatte. Keine meiner üblichen Fragen an mich selbst beim Geschlechtsverkehr (›Wie lange wird das noch gehen? Wie wirst du dich nachher fühlen? Kannst du deine Partnerin oder wenigstens dich selbst befriedigen?‹ etc.) tauchte auf, ich agierte so selbstverständlich wie ein Pavian in der Serengeti, aber wesentlich zärtlicher.

Nach dem zweiten Kommen fühlte ich mich angenehm erschöpft, und die Frau streichelte mich noch eine Weile, dann nahm sie ihren Sari und wollte offensichtlich gehen.

»Can I see you again?« fragte ich.

»Don't know. Ask the master.«

Die Erkenntnis, daß diese Frau auf Govis Anweisung tätig geworden war, traf mich nicht so, wie es unter anderen Umständen der Fall gewesen wäre. Daß die Leidenschaft bloß meinerseits gewesen war und sie ganz präzise ›gearbeitet‹ hatte, war mir ja schon vorher klargewesen, aber gleichgültig. Sie hatte ihre Sache gut gemacht, ich hatte meine Sache gut gemacht. Ich wußte, daß es diesmal nicht an mir gelegen hatte, wenn sie nicht zum Orgasmus gekommen war. Sie hatte keinen haben wollen. Ich hatte mich gerade angezogen, als Govi hereinkam.

»Was war das?«

Er verstand meine Frage richtig. »Das war Tantra für Nichttantriker«, sagte er. »Jetzt wissen Sie ein bißchen über die physische Seite der Sache Bescheid. Aber lassen Sie sich nicht irreführen: das ist das Belangloseste dran. Es ist wie beim weitaus bekannteren Zen. Das Satori, nach dem alle Welt schreit, ist ein Nebeneffekt, und die Schärfung der Sinne und die parapsychologischen Phänomene ebenfalls. Das eigentliche Geheimnis kann nicht in Worten ausgedrückt werden. Es ist das Geheimnis des richtigen Lebens.«

»Was wird mir davon bleiben?«

»Ein Blick durchs Fenster. Sie werden ein, zwei Tage beeindruckt sein, dann werden Sie wieder Ihre Soaveflaschen leeren, Menschen gegen Geld verkaufen und Selbstmordgedanken hegen.«

»Was sind Sie für ein Meister, wenn das alles ist, was Sie anzubieten haben?«

»Ich biete gar nichts an. Sie können sich alles nehmen, was Sie wollen, aber ich fürchte, Sie können nicht nehmen.«

Er begleitete mich bis vor die Eingangstüre. Meine Augen brannten, von dem grellen Sonnenschein, und vor Lust zu weinen. Aber wozu sollte ich weinen?

»Kann ich Katharina sprechen?«

Zum ersten Mal sah ich Govi einen Moment lang verblüfft.

»Mein lieber Freund – was glauben Sie denn, wer das eben gewesen ist?«

Wenn ich eine Liebe zum Klischee hätte, könnte ich sagen: es fiel mir wie Schuppen von den Augen. Man muß mir aber zugute halten, daß eine Perücke und eine Gesichtsbemalung Leute nicht gerade erkenntlicher machen.

»Ich dachte, sie sei eine Domina?«

»Sie tut, was ich ihr sage. Hätten Sie denn eine Domina gewollt?«

»Weiß sie, wer ich bin?« fragte ich nach einer Pause.

»Ich hatte mir doch vorgestellt, Sie würden miteinander sprechen.«

»Ich sprach sie englisch an, weil ich Idiot dachte, sie sei eine Inderin – und sie antwortete deshalb englisch. Kann ich nicht nochmals mit ihr reden?«

»Die Chancen kommen im Leben nur einmal – ob im Osten oder Westen, ist gleichgültig«, sagte Govi. »Ich wünsche Ihnen viel Glück. Vielleicht kommen Sie irgendwann einmal zu uns.«

Ohne meine Antwort abzuwarten, trat er zurück und schloß die Tür.

Ich stand auf der Straße und starrte die Türe an. Schließlich ging ich weg, ohne noch einmal geläutet zu haben. Govi war nicht der Mann, seine Absichten zu ändern, weil ich ihn darum bat.

Am Bahnhof sah ich, daß in derselben Nacht ein Zug nach Wien fuhr. Ich verzichtete auf mein Hotelzimmer, die Lust auf Venedig war mir vergangen.

11

Ich kaufte mir ein deutschsprachiges Nachrichten-
magazin und versuchte, darin zu lesen, aber ich
konnte mich nicht konzentrieren, und so blätterte ich
nur und las einmal hier und einmal da einen Abschnitt,
während der Zug dahinfuhr, für einen Expreß viel zu
langsam, wie mir schien. Es stand nichts Aufregendes
in der Zeitschrift, aber viel Deprimierendes. Beim
zweiten Durchblättern gab es mir plötzlich einen Stich:
Im Wirtschaftsteil, den ich von allen Sparten am ober-
flächlichsten durchgesehen hatte, glaubte ich auf einem
Foto eine Hintergrundfigur zu erkennen: den Vogel,
der mir die hundertfünfzigtausend Schilling angeboten
hatte! Er war im Halbprofil sichtbar hinter einem
Politiker von mittelmäßiger Popularität, der mit einem
zweiten, mir unbekannten, plauderte, während sie alle
drei aus einem Gebäude traten – dieses Gebäude war
das eigentliche Thema des Fotos, es beherbergte einen
›Verein zur Förderung des marktwirtschaftlichen
Gedankens‹, der, wie ich gleich anschließend beim
Durchlesen des Artikels feststellte, von dem Magazin
verdächtigt wurde, eine ›Geldwaschanlage‹ zum
Umwandeln illegaler Parteienspenden in offizielles
Geld zu sein.

Beim erneuten genauen Betrachten des Bildes verließ

mich die Sicherheit, den Mann erkannt zu haben, allerdings wieder, das Foto war zwar scharf, aber es gibt immer wieder verblüffende Ähnlichkeiten zwischen Leuten, die absolut nichts miteinander zu tun haben. Der Text gab keine Auskunft über die Identität des dritten Mannes auf dem Bild, nur die beiden Politiker wurden erwähnt.

Und wenn er es nun doch war? Was bedeutete das für mich? Daß der anonyme Spender nicht vom Syndikat gekommen war, glaubte ich ja mittlerweile – aber wer konnte ihn dann geschickt haben? Die Suche nach der Künzl hatte ich ja eigentlich erst in Venedig beendet, und er hatte mich noch einmal anrufen wollen, es aber nicht getan. Oder vielleicht doch – ich war selten zu erreichen gewesen.

Aber nach einer Weile schoben sich wieder Gedanken an das Erlebnis in dem Palazzo in den Vordergrund. Eigentlich waren es mehr Bilder als Gedanken, und da sie mich störten, ging ich in den Speisewagen und nahm ein paar Zehner-Valium und trank ein Bier darüber hinunter. Dann setzte ich mich wieder ins Abteil und kam erst zu mir, als mich der Schaffner in Wien heftig an der Schulter rüttelte. Ich nahm ein Taxi und ließ mich nach Hause fahren, wo ich mich ins Bett legte.

Am Nachmittag fühlte ich mich wieder einigermaßen fit, ging ins Büro, das unbesetzt war, und tippte auf dem Computer einen Bericht über den Fall Künzl, der mit dem stolzen Ergebnis, die Dame sei derzeit im Hotel

›Gritti‹ in Venedig, abschloß. Es war ein bißchen wenig für den Scheck, den mir Moosbrugger als Anzahlung gegeben hatte, aber genug für das, was mir bei den Recherchen zugestoßen war. Und meine Begegnung mit der Künzl war noch eine Menge mehr wert. Dann versuchte ich, Moosbrugger zu erreichen. Seine Sekretärin sagte mir, er sei auf einer Geschäftsreise. Ich drückte Zweifel daran aus, aber sie blieb dabei. Ich sagte, ich könnte mich auch an Künzl selbst wenden, und sie erwiderte, ihr sei es recht, ich könne tun, was ich wolle. Sie war wider Erwarten bereit, mir zu sagen, wo ich Künzl finden könnte.

»Ich meine nicht irgendwann, eine Adresse oder sowas, ich meine, wo ich ihn jetzt finden kann«, präzisierte ich.

»Aber ja doch«, sagte sie, »er ist in seinem Golfclub und muß dort um fünf etwa weg. In den Club werden Sie nicht hineinkommen, aber wenn Sie beim Wagen warten, erwischen Sie ihn auf jeden Fall.«

Ich wunderte mich, daß es so leicht sein sollte, einen ebenso reichen wie berüchtigten Mann aufzustöbern, aber schließlich waren wir nur in Österreich; in Italien hätte sich Künzl das nicht leisten können, zumindest nicht zu den Zeiten der Brigate Rosse.

Ich ließ mir die Wagentype sagen – Mercedes 600 – und fuhr dann hinaus zu dem besagten feudalen Golfclub.

Es standen mehrere Wagen in der Preisklasse des

Künzlschen da, aber nur einer war ein Mercedes. Der Fahrer sah aus, als sei er clever genug, nie ein Zuchthaus von innen gesehen zu haben, obwohl schon seine Visage Grund genug gewesen wäre, ihn einzulochen. Ich wartete in meinem Wagen, der in dieser Umgebung mehr als sonst wie ein Müllcontainer aussah.

Um zehn vor fünf kam ein hagerer Mann mit eisgrauem Haar und einem Mund wie ein umgedrehtes u durch die elektronisch gesicherte Tür des Clubs, begleitet von einem Burschen, dem man den Leibwächter auf einen Kilometer Entfernung ansah; im übrigen hätte er der Zwillingsbruder des Chauffeurs sein können.

Alle drei schauten sofort zu mir her, als ich meine Autotür aufmachte. Ich hatte den Umschlag mit dem Bericht in der Hand und ging auf sie zu.

»Herr Künzl –«, sagte ich und streckte die Hand mit dem Briefumschlag aus.

Der Leibwächter machte einen Sprung nach vorne, packte meine Hand und drehte sie mir auf den Rücken. Der Chauffeur nahm den Umschlag und riß mir den Kopf an den Haaren hoch, so weit das in meiner jetzt gebückten Haltung ging. »Es ist nur Papier«, sagte er zu Künzl.

Der nahm den Umschlag nicht entgegen, den ihm der Chauffeur hinhielt. Ich bemühte mich, ihm in die Augen zu sehen, aber die beiden Typen hielten mich eisern nieder.

»Herr Künzl«, sagte ich ziemlich gepreßt, »ich habe Ihnen hier Ihren Bericht gebracht.«

»Wovon redet der Mann?« sagte Künzl zu seinen Leuten, als erwarte er keine Antwort von mir selbst.

»Können Sie Ihren Affen nicht sagen, daß sie mich loslassen sollen?« wechselte ich das Thema.

»Worum geht es?« sagte Künzl stattdessen. »Wenn Sie einer von diesen Kretins sind, die mich mit Farbbeuteln bewerfen wollen oder Schlimmeres, beklagen Sie sich nicht.«

»Ich bin Detektiv.«

»Ein besonders fähiger offensichtlich«, spottete er. »Ich habe keinen Detektiv engagiert.«

»Ihre Tochter ist in Venedig, im Hotel ›Gritti‹!«

»Was interessiert mich das?« Er klang wirklich ein klein wenig verblüfft, und das war das erste Gefühl, das ich an ihm wahrnahm. Die beiden Kerle hielten mich immer noch, und ich trat nach dem Schienbein des Chauffeurs und traf es auch. Er fluchte und riß an meinen Haaren, so stark, daß ich einen Moment in Künzls Augen sah. Sie waren von der Sorte, gegen die Glasaugen menschlich wirken.

»Ihre Tochter ist eine Nutte!« schrie ich. »Sie fickt mit Farbigen! Sie arbeitet in schweißigem Leder und pißt Männern in den Mund!«

Der Chauffeur verpaßte mir eine, traf aber nicht so gut.

»Sie geht auf den Strich, Herr Künzl«, schrie ich

weiter, »auf den miesesten Strich, den's gibt! Auch ich habe mit ihr gefickt, es war großartig, ich hatte noch nie eine so gute Schnalle.«

Diesmal traf der Chauffeur besser, und meine Lippen schwollen an.

»Sie hat einen indischen Zuhälter, wie gefällt Ihnen das? Sie sind der Vater einer alten Ficksau –«

»Geben Sie's ihm«, sagte Künzl, »der Mann ärgert mich.«

Sie mochten gute Leibwächter sein, als Schläger waren sie nichts. Jedenfalls tat es mir nicht besonders lange weh, ungefähr fünf Minuten, nachdem sie abgefahren waren, konnte ich schon wieder aufstehen von dem Platz hinter meinem Wagen, auf den sie mich geworfen hatten, damit mein Anblick keine Gäste belästigte, die aus dem feudalen Club kämen. Vielleicht hatten sie auch deshalb schlampig gearbeitet, denn Künzl wollte weiterkommen. Daß ihn meine Bemerkungen getroffen hatten, war einem minimalen Tremolo in seiner Stimme deutlich zu entnehmen gewesen; es hatte mich gefreut. Außerdem hatte er oder der Chauffeur den Umschlag mit dem Bericht mitgenommen.

Ich fuhr zu Wanda. Sie war tatsächlich zu Hause.

»Mann«, sagte sie, »ich dachte, du seist in Venedig, dabei warst du bei einer kosmetischen Operation.«

»Schon wieder in der Witzkiste genächtigt«, murrte ich, »dabei hatte ich gehofft, du würdest mich verarzten.«

Das tat sie dann auch. Ich erzählte ihr, so gut es mit meinem aufgeschwollenen Maul ging, was vorgefallen war.

Sie bedauerte, daß sie nicht dabeigewesen war, sie hätte sich mit allen dreien angelegt und gewonnen, behauptete sie.

Möglicherweise stimmte das auch, aber Künzls Leibwächter hatten wohl mehr bei sich als nur ihre Fäuste. Wanda machte sogar den Vorschlag, ich solle eine Anzeige machen, aber ich gab mich keinen Illusionen darüber hin, welche Anwälte Künzl gegen meine ›Verleumdung‹ in Bewegung setzen würde und welche ich mir selbst leisten könnte.

»An Künzl selbst komm ich nicht hin«, sagte ich, »von der Beschimpfung seiner Tochter mal abgesehen, die sie mir hoffentlich verzeiht, falls sie je davon erfährt, aber es war das einzige, mit dem ich das Schwein treffen konnte, und es hat ihn getroffen, ich hab's gehört.«

»Was ist er denn für ein Typ?«

»Kennst du *Die Grissom-Bande* von Aldrich?«

»Ist das diese Chase-Verfilmung mit dem Halbidioten als Romeo und dem doofen Hasen als Julia?«

Ich nickte. »So wie dort den alten Blandish, so darfst du dir Künzl vorstellen. Man kann gar nie so übertreiben, daß man die Wirklichkeit überholt.«

Nach diesem bedeutenden Statement zur Ästhetik verließ ich Wanda, ohne sie gefragt zu haben, warum sie nicht im Büro war (die Antwort bestand ja wohl einfach nur darin, daß sie mich in Venedig vermutet hatte, das konnte ich mir selber sagen), und fuhr selbst dorthin, um den Malt und einen Ambler zu holen und zu tun, was ich statt des Künzlfalls hätte tun sollen: trinken und lesen.

Im Gang zum Büro traf ich Moosbrugger. Er sah ein bißchen betreten aus. Ich ließ ihn ins Büro rein, wir saßen einander gegenüber und sahen uns an.

»Wissen Sie schon, wo Fräulein Künzl ist?« eröffnete ich die Unterhaltung, da er offenbar nicht anfangen wollte.

Er nickte. Dann stotterte er herum und sagte schließlich, er werde mir einen zusätzlichen Bonus für meine Bemühungen geben, denn er wisse, daß Probleme aufgetaucht seien, Probleme, von denen er freilich nichts gewußt habe. Alles sei durch einen Zufall danebengegangen, oder eigentlich nicht, denn es sei sogar besser gelaufen, als man zu hoffen gewagt habe (welcher ›man‹? dachte ich mir), und er faselte von einem versäumten Termin, bis ich ihn schließlich unterbrach und sagte: »Sagen Sie mir eins: wer ist Ihr Auftraggeber?«

Er lächelte mit dem Ausdruck eines Hundes, den man dabei erwischt hat, wie er mitten ins Zimmer scheißt, und sagte: »Eigentlich dürfte ich es Ihnen überhaupt nicht sagen, aber nun, wo es abgeschlossen ist: die Tochter meines Chefs.«

»Ah! Ah so. Sie läßt sich selber suchen.«

Er machte Handbewegungen, die nichts erklärten. Seine Ausführungen waren dann ein wenig lichtvoller: »Nun – das Verhältnis zwischen Vater und Tochter ist leider schon seit langem sehr, sehr schlecht. Fräulein Künzl hat eine etwas – äh – exhibitionistische Ader, aber gegenüber ihrem Vater ist es ihr eigentlich nur darum gegangen, überhaupt wahrgenommen zu werden. Unter den vielen verschiedenen Wegen, die sie versucht hat, war der mit Ihnen sicher der bizarrste, aber er hat am besten funktioniert.«

Ich dachte nach. »Daß Sie von der Bildfläche verschwanden und ich zu Künzl gelotst wurde, war also geplant.«

»Glauben Sie, irgend jemand könnte Herrn Künzl so leicht finden, wie Sie es getan haben? Es ist normalerweise ganz unmöglich, seinen Aufenthaltsort zu erfahren, indem man seine Sekretärin fragt oder sowas. Sie hat natürlich auf meine Anweisung gehandelt. Daß Herrn Künzls Art bei Ihrem unerwarteten Auftreten zu einer Szene führen würde, haben wir gehofft, aber daß die Leibwächter das ihre dazu getan haben, war von unserem Standpunkt aus ein Glück, äh, äh.«

Er verschluckte sich, als ihm klarwurde, daß ich diese Sicht nicht teilen würde.

»Für den Fall des Nichtfunktionierens hatten wir noch weitere Arrangements in petto, aber jetzt ist das alles vorbei. Sie können versichert sein, daß Sie eine sehr großzügige Entschädigung erhalten. Fräulein Künzl ist durchaus bereit, den Ihnen zustehenden Betrag insgesamt zu verdoppeln.«

»Und all die Begleiterscheinungen, die Reifenschlitzer, Fingerbrecher und Geldanbieter?«

»Darüber kann ich Ihnen leider keine Auskunft geben, ob Sie es mir glauben oder nicht, aber darüber weiß ich nichts. Die Leute hängen jedenfalls mit unserem kleinen Komplott nicht zusammen.«

Kleines Komplott! Der Kerl machte mir Spaß. Er kritzelte an einem Scheck herum und schob ihn über den Tisch. »Hier – die zweite Rate, bitte. Wenn Sie fertig abgerechnet haben, bekommen Sie sofort den Rest. Ich hoffe, das ist Ihnen recht?«

»Warum haben Sie mir eigentlich nicht den Auftrag gegeben, ich solle zum alten Künzl gehen und ihm sagen, seine Tochter sei eine Ledernutte undsoweiter? Es macht ihr besonderen Spaß, Männer in seinem Alter zum Schreien zu bringen? So ungefähr wäre doch die Botschaft gewesen?«

»Hätten Sie diesen Auftrag übernommen?«

Ich zuckte die Achseln. »Vermutlich nicht. Aber ich habe Leute, die ihn ausgeführt hätten.«

»Aber die hätten sicher nicht einen solchen Eindruck gemacht wie Sie heute.«

»Eine andere Frage: Warum machen Sie sowas?«

»Offen gesagt: im Geschäftlichen stehe ich loyal zu meinem Chef; im privaten Bereich gehören meine

Sympathien eher dem Fräulein Tochter. In den Jahren, da ich die ganzen Klinikangelegenheiten abwickeln mußte, sind wir einander so nahe gekommen, daß ich wie ein – ähem – Onkel zu ihr stehe.«

Der gute Onkel, dachte ich. »Sind Sie auch ein Tantrika?«

»Ich habe das fragliche Buch gelesen«, gab er zögernd zu, »aber ich fürchte, wir können den Graben zwischen den Kulturen nicht mehr so leicht überspringen, wenn wir einmal ein gewisses Alter erreicht haben.«

Irgendwie konnte ich dem alten Burschen nicht so recht böse sein. Er war mindestens so verrückt wie sein Chef und dessen Tochter, aber auf eine sympathischere Art. Und meine verbeulte Fresse gehörte zum Berufsrisiko. Vielleicht sollte ich doch mal in einen Body-Building-Salon oder zum Boxclub gehen.

Moosbrugger drückte mir die Hand, als er sich verabschiedete.

Ich goß mir einen Malt ein und rief Wodarek an, um zu fragen, was er am Abend vorhabe. Er hatte nichts vor, und ich sagte, ich hätte ihm eine Geschichte zu erzählen.

12

Meine Geschichte gefiel Wodarek und Sue, aber es war ja auch eine gute Geschichte, abgesehen vom mangelnden Zusammenhang. So viel hatte ich in so wenigen Tagen schon lange nicht mehr erlebt, und man muß dem Schicksal für ein bißchen Unterhaltung dankbar sein, wenn dabei nicht mehr passiert als ein paar Striemen (von der Nagy), eine Sehnenzerrung im Finger (von den Bürobesuchern) und ein paar blaue Flecken und Beulen (von Künzls Leibwache), und dann auf der Positivseite noch eine so schöne Nummer drin ist wie meine venezianische.

Sue interessierte sich vor allem für diesen Teil der Geschichte, sie wollte herauskriegen, was mich so beeindruckt hatte, aber ich konnte es nicht schildern.

Wodarek dachte an anderes. »Weißt du«, sagte er, »daß du den Typ in dem Magazin erkannt zu haben glaubst, ist ein weiteres Mosaiksteinchen, das mir ganz gut in mein Bild von der Sache paßt.«

»Du hast ein Bild von der Sache?« wiederholte ich verblüfft. Er nickte. »Ja«, sagte er, »aber ich habe auch einen kleinen Wissensvorsprung. Heute morgen haben sie den Pestitschek sang- und klanglos nach Hause geschickt.«

»Das ist es, was ich mir die ganze Zeit schon

gewünscht habe«, sagte ich, »daß eine neue Figur auftaucht, die Licht in das Dunkel bringt. Wer ist dieser Pestitschek?«

Statt eine Antwort zu geben, stand Wodarek auf und begann in einer Schublade herumzukramen. Ich dachte, er würde Wunder-weiß-was auf den Tisch legen, aber es war dann bloß Papier und ein Kuli.

»Wir machen einen Cluster«, sagte mein Psycho-Freund.

»Klar! Und was ist das?«

»Du schreibst mal hier hin: Katharina Künzl, und machst einen Kreis darum.«

Ich tat es.

»Und nun schreibst du deine Assoziationen auf den Bogen, machst immer wieder Kreise um die Wörter und zeichnest Verbindungspfeile, wie sie dir gerade in den Sinn kommen.«

»Und der Zweck der Übung?«

»Wir lassen deine rechte Hirnhälfte Muster bilden.«

Ich gab mich mit dieser lichtvollen Erklärung zufrieden, obwohl ich sie nicht verstand, und fing an, herumzukrakeln. Neben den Kreis der Künzl machte ich einen für den Inder, zwischen beide einen dicken Doppelpfeil; ein Kreislein für mich selbst, mit einem einseitigen Pfeil von mir zu ihr und einem dünnen von Govi zu mir; dann sagte Wodarek, ich könnte natürlich auch anderes als nur Namen hinschreiben, Assoziationen, wie sie mir einfach gerade so einfielen. Der Cluster entwickelte sich langsam. Ein Pfeil führte von der Nagy zum Syndikat, ebenso einer von dem Tischler. Es gelang mir, eine Menge Kreise aufs Papier zu malen, sie auszufüllen und Verbindungen herzustellen, die auch etwas bedeuteten. Aber zuletzt stockte die Sache.

»Fassen wir zusammen«, schlug Wodarek vor.

Der Klügere gibt nach. Ich tat es also: »Gut. Eine überkandidelte, aber ganz nette Frau beschließt, ihren psychopathischen Vater mit einigen farbigen Bildern aus ihrem Leben zu schockieren, damit er wenigstens einmal zeigt, daß er ihre Existenz schon wahrgenommen hat. Sie macht das über einen Strohmann mittels eines dümmlichen Detektivs, eine Rolle, die ich glanzvoll gespielt habe.«

(»Setz dich nicht immer herunter«, sagte Sue. »Das machen genug andere«, fügte Wodarek boshaft an.) »Aber etwas klemmt: von der Adresse ausgehend, die mir der Strohmann gegeben hat, gerate ich in eine Angelegenheit, die mit der Verbindung der eigentlichen Auftraggeberin mit einem Syndikat für Stoßspiel und Prostitution zu tun hat, man versucht von verschiedenen Seiten, mich von dem Fall abzuhalten. Drei Seiten kann ich identifizieren: das Syndikat selbst, einen Burschen, der vielleicht mit Politik was zu tun hat, und jemanden im Innenministerium.«

»Und was könnten die letzten drei für einen gemeinsamen Nenner haben?«

»Weiß ich nicht. Oder doch: diesen Pestitschek. Wer ist das?«

»Das ist der angebliche Besser-Attentäter. Den haben sie heute ohne großes Aufsehen entlassen, weil ihm offensichtlich nicht einmal der Schatten eines Verdachtes nachzuweisen ist. Mit anderen Worten: Man hat ihn nur verhaftet, um der Öffentlichkeit eine Nachricht hinwerfen zu können, die zeigt, daß die Polizei die Sache im Griff hat.«

»Und wer war's dann? Doch die Gruppe Ludwig? Und was hat das mit mir zu tun?«

»Schau dir deinen Cluster an. Ich möchte gerne, daß du selbst zu der Theorie findest, die ich mir gebildet habe, während du vorhin erzählt hast, was dir in der letzten Zeit passiert ist. Das Tantra-Element kannst du aber ausklammern, es hat nichts oder wenig mit den Vorgängen zu tun. Und glotz mich nicht so an, mach dir lieber mal einen Kreis auf das Blatt, in den du den Namen ›Besser‹ schreibst.«

Ich schrieb den Namen hin. Dann starrte ich den Bogen an, malte ein paar Kreise, für die ich noch Wörter finden mußte, und fand auch welche. Dann hatte ich ein Aha-Erlebnis und begann, wie ein Wilder Pfeile zu zeichnen.

Nach einer Weile war ich fertig. »Jetzt hab ich ein geschlossenes Bild«, sagte ich.

Sue betrachtete es. »Ich versteh nicht«, sagte sie, »was bedeutet das?«

»Warum ist Besser gefoltert worden, was glaubst du?« fragte ich sie. »Er war alles andere als ein Geheimnisträger, soweit man das wissen kann. Er war jahrelang ein Hinterbänkler, bis er sich mit Wichtigtuerei gegen angebliche Pornographie im Fernsehen und ähnlichen Quatsch wichtig machte.«

»Ich weiß nicht. Ich dachte, diese Gruppe Ludwig seien Verrückte, denen man das zutrauen könnte, daß sie jemanden ohne Grund foltern?«

»Und wenn er gar nicht gefoltert worden ist?«

Sue begriff. Sie sah das Muster in den Pfeilen auf meinem Cluster. »Du meinst, er sei selbst ein Kunde gewesen?«

Zu Wodarek gewandt, um dessen Theorie zu bestätigen, sagte ich: »Besser geht zu einer Domina, um sich malträtieren zu lassen. Man weiß davon zumindest ungefähr in seiner Partei, und das Syndikat kennt ihn auch. Besser hat Pech: die Domina bringt ihn versehentlich um, weil das Gerät versagt oder warum auch immer. Das Gerät von Johann Anständig in Kleinkotzkirchen. Das Syndikat will keine Öffentlichkeit und keinen Skandal, die Partei will das auch nicht. Man richtet die Leiche vielleicht noch ein wenig mehr zu und schmeißt sie auf den Müll, mit einem Schild um den Hals, das die Sache als Attentat von ominösen Spinnern ausweist. Im Innenministerium sind die wesentlichen Leute diskret informiert. Es gibt keinen Grund zum Staubaufwirbeln, schließlich war alles nur ein Unfall, es gibt nicht einmal einen wirklichen Geschädigten außer dem armen, perversen, toten Besser.

Die Domina, der das Mißgeschick passierte, ist natürlich unsere Katharina Künzl. Sie wird schnell außer Landes gebracht. Aber warum sticht sie mit ihrer völlig privaten Vater-Geschichte in das Wespennest?«

Ich mußte einen Moment überlegen, bis ich fortfahren konnte: »Weil sie den Auftrag an Moosbrugger kurz vor dem Unfall gegeben hat und in der darauffolgenden Aufregung es nicht schafft, ihn zurückzuziehen. Als ich in der Sache herumzustochern anfange – ohne zu wissen, was ich damit anrühre –, handeln alle Beteiligten auf ihre Art: das Syndikat versucht mich einzuschüchtern, die Partei nimmt einen ihrer Handlanger, um mir ein Bestechungsangebot zu unterbreiten, das Innenministerium versucht, mich über die Lizenz unter Druck zu setzen. Oder so ähnlich.«

Wodarek nickte. »Das ist so ziemlich genau das, was ich mir auch gedacht habe. Es fügt jedenfalls alle Einzelteile zu einem Bild zusammen, die Gentlemen's Agreements undsoweiter.«

»Aber warum klärt mich nicht irgend jemand auf, damit ich ruhig bin, statt immer weiter herumzuwühlen?«

»Vielleicht«, sagte Wodarek seufzend, »weil sie dich für einen Trottel hielten.«

»Wozu ich Anlaß gab.«

»Und jetzt«, sagte Wodarek, »wie beweisen wir unsere Theorie?«

Ich dachte nach. »Wir rufen Bessers Frau an und sagen sie ihr auf den Kopf zu.«

»Schäbig«, sagte Sue, »sie wird euch für Erpresser halten, und außerdem wär es einfach eine Schweinerei. Was kann sie dafür?«

Das gab ich zu. »Dann können wir die Story auch nicht der Presse stecken. Sollen wir einen Schlüsselroman schreiben?«

»Das ist alles Mist«, sagte Susanne ganz richtig. »Am besten ist es, du vergißt die ganze Angelegenheit, außer vielleicht das, was dir in Venedig zugestoßen ist.«

»Wär es wirklich möglich, daß die Presse von all dem nichts weiß?« fragte ich.

Wodarek erwiderte: »Ich könnte dir ein paar Geschichten erzählen von bekannten Leuten, die ich von Psychiatern erfahren habe, wenn sie mal im Suff unter Kollegen das Arztgeheimnis beiseite lassen. In der Presse sind die nie gestanden, und du würdest wohl nicht alle glauben, so kraß sind sie.«

»Erzähl mal.«

»Die sind so heiß, daß ich sie nicht einmal dir erzählen kann, ich könnte damit in die Bredouille geraten. Ich wollt nur andeuten, daß die Presse nicht alle Schmutzwäsche zu sehen kriegt, so geil sie darauf ist.«

»Also bleibt von alledem nichts als ein nettes Glasperlenspiel, wie's gewesen sein könnte?«

»Nichts weiter«, sagte Wodarek, »aber denken wir daran: das Gehirn ist es, das unsere Welt produziert. Da uns diese Welt nicht so richtig zusagt, schlage ich vor, heute abend noch einen größeren Teil des Gehirns wegzusaufen.«

Wir leerten die Gläser auf dieses löbliche Ziel. Gegen eins rief ich Claudia an und fragte sie, ob ich nicht vorbeikommen solle, ich hätte ihr etwas aus Venedig mitgebracht. Sie raunzte ein bißchen, warum ich grundsätzlich nach Mitternacht telefonierte, aber sogar ich merkte, daß sie froh war, daß ich mich doch wieder gemeldet hatte. Ich beeilte mich, zu ihr zu kommen, bevor das bißchen Gefühl, das ich aus dem Palazzo mitgenommen hatte, wieder versickerte. Der Transport gelang mir, es wurde zwar nicht gerade so wie mit Katharina, aber besser als die drei vorigen Male.

»Du wirst noch richtig gut«, sagte Claudia. »Du mußt irgendwo was gelernt haben. Du solltest vielleicht mehr Fälle wie diesen bearbeiten.«

»Ach was«, sagte ich, »komm, ich bearbeit dich nochmal.« Und das tat ich dann auch, bevor wir einschliefen.

Kurt Bracharz
im Diogenes Verlag

Für Erwachsene:

Pappkameraden
Roman. detebe 21475

Für Kinder:

*Wie der Maulwurf beinahe in der
Lotterie gewann*
Mit Illustrationen von Tatjana Hauptmann
Ein Diogenes Kinderbuch

Susanne Thommes
im Diogenes Verlag

Brüderchen und Schwesterchen
Roman. detebe 21423

Totensonntag
Kriminalroman
detebe 21474

Susanne Thommes & Roland Kramp
Der falsche Freund
Roman. detebe 21380

E.W. Heine
im Diogenes Verlag

Klassische und moderne Kriminal-, Grusel- und Abenteuergeschichten in Diogenes Taschenbüchern

● Gespenster

Gespenster / Mehr Gespenster / Noch mehr Gespenster. Die besten Gespenstergeschichten, herausgegeben von Mary Hottinger und Dolly Dolittle. detebe 20497, 21027 und 21310

● Robert van Gulik

Mord im Labyrinth. Roman. detebe 21381
Tod im Roten Pavillon. Roman. detebe 21383
Wunder in Pu-yang? Roman. detebe 21382

● Rider Haggard

Sie. Roman. detebe 20236
König Salomons Schatzkammern. Roman
detebe 20920

● Dashiell Hammett

Der Malteser Falke. Roman. detebe 20131
Rote Ernte. Roman. detebe 20292
Der Fluch des Hauses Dain. Roman
detebe 20293
Der gläserne Schlüssel. Roman. detebe 20294
Der dünne Mann. Roman. detebe 20295
Fliegenpapier. 5 Stories. detebe 20911
Fracht für China. 3 Stories. detebe 20912
Das große Umlegen. 3 Stories. detebe 20913
Das Haus in der Turk Street. 3 Stories
detebe 20914
Das Dingsbums Küken. 3 Stories. Nachwort
von Steven Marcus. detebe 20915

● Cyril Hare

Mörderglück. Kriminalgeschichten
detebe 20196

● W. F. Harvey

Die Bestie mit den fünf Fingern. Gruselgeschichten. detebe 20599

● Ernst W. Heine

Kille Kille. Makabre Geschichten
detebe 21053
Hackepeter. Neue Kille Kille Geschichten
detebe 21219
Wer ermordete Mozart? Wer enthauptete Haydn? Mordgeschichten für Musikfreunde
detebe 21437

● O. Henry

Die klügere Jungfrau. Geschichten
detebe 20871
Das Herz des Westens. Geschichten
detebe 20872
Der edle Gauner. Geschichten. detebe 20873
Wege des Schicksals. Geschichten
detebe 20874
Streng geschäftlich. Geschichten
detebe 20875
Rollende Steine. Geschichten. detebe 20876

● Patricia Highsmith

Der Stümper. Roman. detebe 20136
Zwei Fremde im Zug. Roman. detebe 20173
Der Geschichtenerzähler. Roman
detebe 20174
Der süße Wahn. Roman. detebe 20175
Die zwei Gesichter des Januars. Roman
detebe 20176
Der Schrei der Eule. Roman. detebe 20341
Tiefe Wasser. Roman. detebe 20342
Die gläserne Zelle. Roman. detebe 20343
Das Zittern des Fälschers. Roman
detebe 20344
Lösegeld für einen Hund. Roman
detebe 20345
Der talentierte Mr. Ripley. Roman
detebe 20481
Ripley Under Ground. Roman. detebe 20482
Ripley's Game. Roman. detebe 20346
Der Schneckenforscher. Geschichten
detebe 20347
Ein Spiel für die Lebenden. Roman
detebe 20348
Kleine Geschichten für Weiberfeinde
detebe 20349
Kleine Mordgeschichten für Tierfreunde
detebe 20483
Venedig kann sehr kalt sein. Roman
detebe 20484
Ediths Tagebuch. Roman. detebe 20485
Der Junge, der Ripley folgte. Roman
detebe 20649
Leise, leise im Wind. Geschichten
detebe 21012
Keiner von uns. Erzählungen. detebe 21179
Leute, die an die Tür klopfen. Roman
detebe 21349

● Gerald Kersh

Mann ohne Gesicht. Phantastische Geschichten. detebe 20366

● Hans Werner Kettenbach

Minnie oder Ein Fall von Geringfügigkeit
Roman. detebe 21218

● Russische Kriminalgeschichten

Von Fjodor Dostojewskij bis Anton Tschechow. detebe 21127

● Maurice Leblanc

Arsène Lupin – Der Gentleman-Gauner
Roman. detebe 20127
Die hohle Nadel oder Die Konkurrenten des Arsène Lupin. Roman. detebe 20239
813 – Das Doppelleben des Arsène Lupin
Roman. detebe 20931

Sechs neue Fälle für Maigret. Erzählungen
detebe 21375
Maigret stellt eine Falle. Roman
detebe 21374
Maigret in der Liberty Bar. Roman
detebe 21376
Maigret und der Spion. Roman. detebe 21427
Maigret und die kleine Landkneipe. Roman
detebe 21428
Maigret und der Verrückte von Bergerac
Roman. detebe 21429
Maigret, die Tänzerin und die Gräfin. Roman
detebe 21484
Maigret macht Ferien. Roman. detebe 21485
Maigret und der hartnäckigste Kunde der Welt
Erzählungen. detebe 21486

● Henry Slesar

Das graue distinguierte Leichentuch. Roman
detebe 20139
Vorhang auf, wir spielen Mord! Roman
detebe 20216
Erlesene Verbrechen und makellose Morde
Kriminalgeschichten. detebe 20225
Ein Bündel Geschichten für lüsterne Leser
Roman. detebe 20275
Hinter der Tür. Roman. detebe 20540
Aktion Löwenbrücke. Roman. detebe 20656
Ruby Martinson. Geschichten. detebe 20657
Schlimme Geschichten für schlaue Leser
detebe 21036
Coole Geschichten für clevere Leser
detebe 21049
Fiese Geschichten für fixe Leser. Deutsch von
Thomas Schlück. detebe 21125
Böse Geschichten für brave Leser
detebe 21248

● Muriel Spark

Memento Mori. detebe 20892
Robinson. Roman. detebe 21090

● R. L. Stevenson

Die Schatzinsel. Roman. detebe 20701
Der Junker von Ballantrae. Roman
detebe 20703
Die Entführung. Roman. detebe 20704
Catriona. Roman. detebe 20705
Die Herren von Hermiston. Roman
(Fragment). detebe 20702
*Der Pavillon auf den Dünen / Der seltsame
Fall von Dr. Jekyll und Mr. Hyde*
Zwei Novellen. detebe 20706
*Der Selbstmörderklub / Der Diamant des
Rajahs.* Zwei Geschichtensammlungen
detebe 20707
Die tollen Männer und andere Geschichten
detebe 20708

Der Flaschenteufel und andere Geschichten
detebe 20709
Der Leichenräuber und andere Geschichten
detebe 20710
Der gefährliche Archipel. In der Südsee 1
Roman. detebe 21449
Der Palast der vielen Frauen. In der Südsee 11
Roman. detebe 21450

● Bram Stocker

Draculas Gast. Gruselgeschichten
detebe 20135

● Julian Symons

Auf den Zahn gefühlt. Geschichten
detebe 20601
Ein Pekinese aus Gips. Kriminalgeschichten
detebe 20740

● Susanne Thommes

Der falsche Freund. Roman. detebe 21380
Brüderchen und Schwesterchen. Roman
detebe 21423
Totensonntag. Kriminalroman. detebe 21474

● Roland Topor

Der Mieter. Roman. detebe 20358

● B. Traven

Das Totenschiff. Roman. detebe 21098
Die Baumwollpflücker. Roman
detebe 21099
Die Brücke im Dschungel. Roman
detebe 21100
Der Schatz der Sierra Madre. Roman
detebe 21101
Die Weiße Rose. Roman. detebe 21102
Aslan Norval. Roman. detebe 21103
Regierung. Roman. detebe 21104
Die Carreta. Roman. detebe 21105
Der Marsch ins Reich der Caoba. Roman
detebe 21106
Trozas. Roman. detebe 21107
Die Rebellion der Gehenkten. Roman
detebe 21108
Ein General kommt aus dem Dschungel
Roman. detebe 21109
Die Geschichte vom unbegrabenen Leichnam
Erzählungen. detebe 21110
Die ungeladenen Gäste. Erzählungen
detebe 21111
Der Banditendoktor. Erzählungen
detebe 21112

● Mark Twain

Tom Sawyers Abenteuer. Roman
detebe 21369
Huckleberry Finns Abenteuer. Roman
detebe 21370

Klassische Polit-Thriller
im Diogenes Verlag

● **Eric Ambler**
Der Fall Deltschev
Roman. Aus dem Englischen von Mary
Brand und Walter Hertenstein. detebe 20178

Der Levantiner
Roman. Deutsch von Tom Knoth
detebe 20223

Anlaß zur Unruhe
Roman. Deutsch von Franz Cavigelli
detebe 20604

Mit der Zeit
Roman. Deutsch von Hans Hermann
detebe 21054

● **John Buchan**
Die neununddreißig Stufen
Roman. Aus dem Englischen von Marta
Hackel. Mit Zeichnungen von Edward
Gorey. detebe 20210

Grünmantel
Roman. Deutsch von Marta Hackel
Mit Zeichnungen von Roland Topor
detebe 20771

*Mr. Standfast oder im Westen
was Neues*
Roman. Deutsch von Marta Hackel
Mit Zeichnungen von Roland Topor
detebe 20772

Die drei Geiseln
Roman. Deutsch von Marta Hackel
Mit Zeichnungen von Tatjana Hauptmann
detebe 20773

● **Erskine Childers**
Das Rätsel der Sandbank
Ein Bericht des Geheimdienstes. Roman
Aus dem Englischen von Hubert Deymann
Diogenes Evergreens. Auch als detebe 20211

● **Joseph Conrad**
Der Geheimagent
Roman. Aus dem Englischen von G. Danehl
detebe 20212

● **A.E.W. Mason**
Die vier Federn
Roman. Aus dem Englischen von Thomas
Schlück. detebe 21167

● **Somerset Maugham**
*Ashenden oder Der britische
Geheimagent*
Geschichten. detebe 20337

● **Georges Simenon**
Der Schnee war schmutzig
Roman. Aus dem Französischen von Willi A.
Koch. detebe 20372

Der Präsident
Roman. Deutsch von Renate Nickel
detebe 20675

● **Alexander Sinowjew**
Der Staatsfreier
oder Wie wird man Spion. Roman. Aus dem
Russischen von Wilhelm von Timroth. Leinen

● **Spionagegeschichten**
-fälle und -affären von Goethe bis Ambler.
Herausgegeben von Graham Greene, Hugh
Greene und Martin Beheim-Schwarzbach.
Mit Zeichnungen von Paul Flora
detebe 20699

● **Mehr Spionagegeschichten**
Von John Buchan bis Ian Fleming. Herausge-
geben von Eric Ambler. Deutsch von Peter de
Mendelssohn. detebe 21420